Nous remercions le ministère du Patrimoine canadien,
la SODEC et le Conseil des Arts du Canada
de l'aide accordée à notre programme de publication

ainsi que le Gouvernement du Québec
– Programme de crédit d'impôt
pour l'édition de livres
– Gestion SODEC.

Nous reconnaissons l'aide financière
du Gouvernement du Canada
par l'entremise du Programme d'aide au développement
de l'industrie de l'édition (PADIÉ) pour ce projet.

Illustration de la couverture :
Jean-Marc St-Denis

Couverture :
Conception Grafikar

Édition électronique :
Infographie DN

Dépôt légal : 4e trimestre 2006
Bibliothèque nationale du Canada
Bibliothèque nationale du Québec

1234567890 IML 09876

LA MAIN
DU DIABLE

DU MÊME AUTEUR
AUX ÉDITIONS PIERRE TISSEYRE

Collection Papillon

La folie du docteur Tulp, 2002
    (en collaboration avec Marie-Andrée Boucher Mativat).

Collection Chacal

La maudite, 1999.
Quand la bête s'éveille, 2001.

Collection Conquêtes

L'Ankou ou l'ouvrier de la mort, 1996.
Terreur sur la Windigo, 1997
    (finaliste au Prix du Gouverneur général 1998).
Ni vous sans moi, ni moi sans vous, 1999
    (finaliste au prix M. Christie 2000).
Siegfried ou L'or maudit des dieux, 2000
    (finaliste au prix M. Christie 2001).
Une dette de sang, 2003.
La porte de l'enfer, 2005.
Nuits rouges, 2006.

Aux Éditions Hurtubise/HMH (jeunesse)

Le fantôme du rocker, 1992.
Le cosmonaute oublié, 1993.
Anatole le vampire, 1996.

Aux Éditions Triptyque

Le métier d'écrivain au Québec (1840-1900), 1996.
Dictionnaire des pensées politiquement tordues, 1997.

Catalogage avant publication
de Bibliothèque et Archives Canada

Mativat, Daniel, 1944-

    La main du diable

    (Collection Chacal ; 40)
    Pour les jeunes de 12 ans et plus.

    ISBN 2-89051-984-8

    I. St-Denis, Jean-Marc. II. Titre III. Collection

PS8576.A828M34 2006   jC843'.54   C2006-941485-8
PS9576.A828M34 2006

LA MAIN
DU DIABLE

DANIEL MATIVAT

roman

**ÉDITIONS
PIERRE TISSEYRE**

5757, rue Cypihot, Saint-Laurent (Québec) H4S 1R3
Téléphone: (514) 334-2690 – Télécopieur: (514) 334-8395
Courriel: ed.tisseyre@erpi.com

« *C'est le diable qui tient les fils
qui nous remuent.* »

Charles Baudelaire

À Geneviève et François

I

Comment ce cauchemar avait-il commencé ?
Étienne Beauregard ne s'en souvenait plus
très bien. Par un simple picotement au bout
des doigts, lui semblait-il. Un soudain et
douloureux engourdissement de la main
gauche qui le forçait à lâcher ses pinceaux.

Car Étienne était peintre. Il aurait même
pu devenir célèbre s'il n'avait pas découvert
qu'il avait plus d'habileté que de génie. Cela
l'avait plongé dans une dépression profonde.
L'alcool, la débauche, les amours faciles, les
turpitudes sans nombre de sa vie d'oiseau de
nuit avaient fait le reste. Si bien qu'un jour
il avait lacéré toutes ses toiles à coups de
couteau et renoncé à créer pour devenir un
simple restaurateur de peintures anciennes.

Réparer de vieux tableaux n'avait rien de
très passionnant. C'était un peu comme
soigner des corps malades à demi ruinés par
les outrages du temps. Il passait ses journées

à gratter au scalpel des surfaces craquelées, à enlever des couches de vernis noirci, à retoucher des manques, à enlever des traces de réparation maladroites et à recoller des plaques soulevées.

Perché au sommet d'échafaudages dans des églises glacées ou enfermé dans les ateliers de conservation de quelque obscur musée, Étienne vivait dans un univers de poussière et de moisissures en respirant à travers son masque de chirurgien les vapeurs délétères des diluants et des décapants.

Un travail malsain et sans gloire.

C'était peut-être à cause de cela qu'il souffrait de ces brusques attaques de paralysie. Empoisonnement ? Arthrite précoce ? Troubles musculaires, ou encore séquelles de cette mystérieuse opération subie durant sa petite enfance et dont il gardait la longue cicatrice au milieu du crâne ?

Les médecins consultés avaient tous leur propre hypothèse et l'invitaient avec insistance à passer de nouveaux examens.

Toujours est-il que son état n'allait pas en s'améliorant. Certains jours, les phalanges de sa main gauche lui faisaient si mal qu'il en hurlait. Ses doigts se recroquevillaient. Il avait l'impression qu'ils se refermaient comme les serres d'un oiseau mort et il devait les étirer de force, un à un, avec son autre main, pour qu'ils reprennent vie et acceptent de lui obéir de nouveau.

En y réfléchissant bien, il en était venu à penser que ce mal étrange qui l'affligeait avait peut-être un rapport avec le dernier emploi qu'il avait accepté. Ou, du moins, c'était à partir de là que les choses n'avaient fait qu'empirer jusqu'à le conduire aux portes de l'enfer.

Tout avait commencé six mois auparavant.

Complètement fauché, il s'était échoué dans un garni infect du nord de la ville où il avait installé son atelier, qu'il occupait avec une jeune fille d'origine écossaise au passé trouble de fugueuse et d'ex-junkie. Elle s'appelait Maureen McLeod et partageait son existence entre la dizaine de chats abandonnés qu'elle avait recueillis et la lecture de livres ésotériques dans lesquels elle cherchait la vérité lumineuse qui la sauverait de ses anciens démons.

Étienne broyait du noir. Il était las de cette vie d'insecte, vide de sens. Sans compter que, sous prétexte de compressions budgétaires, le musée, qui lui permettait tout juste de gagner de quoi subsister, venait de lui annoncer son congédiement prochain. Quelles perspectives s'ouvraient désormais devant lui ? Quelques mois d'assurance-chômage et, après, ce serait la rue.

Le soir, dans son lit, il se disait que sa vie ressemblait à la dernière toile de Vincent Van Gogh : un chemin menant nulle part et se perdant au milieu d'un champ de blé sur lequel s'abat un vol de corbeaux. Lui aussi, pour en finir, se serait volontiers tiré une balle dans la poitrine et allongé sur son grabat, la pipe à la bouche, pour attendre tranquillement la mort. Sauf qu'il n'était pas Van Gogh et… qu'il ne disposait même pas de quoi s'acheter un revolver.

Alors il alla sur le pont Jacques-Cartier et, accoudé au garde-fou, il regarda la neige tourbillonner au-dessus des eaux noires du fleuve. Mais il n'effectua pas le grand saut car, pour son malheur, c'est justement à cet endroit et à ce moment précis que son destin lui fit croiser ce monsieur Blackburn qui allait l'entraîner jusqu'à l'extrême limite de l'horreur et de la folie.

Dès le départ cette rencontre présenta un caractère bizarre. Une minute avant, le pont était vide. L'instant d'après, cet inconnu, coiffé d'un feutre qui lui dissimulait le visage, se trouvait là à ses côtés, scrutant lui aussi en silence la nuit qui descendait sur les gratte-ciel du centre-ville.

— Vous cherchez du travail? demanda-t-il. Vous restaurez les tableaux, n'est-ce pas?

— Comment êtes-vous au courant? s'étonna Étienne.

— On m'a parlé de vous. Je vous ai suivi…

Le peintre voulut en savoir plus. L'inconnu secoua la tête en relevant le col de fourrure de son pardessus.

— Celui qui m'a renseigné sur vous n'a pas d'importance. Voici ma carte. Venez demain soir à cette adresse. J'ai quelque chose pour vous… À bientôt…

Curieusement, le bristol ne révélait pas l'identité de son propriétaire. Seulement un nom de rue et un numéro de porte. Étienne chercha des yeux son providentiel bon Samaritain pour lui poser une autre question.

Il avait disparu.

13

N'ayant plus rien à perdre, le peintre ne craignait pas grand-chose. Aussi, dès son retour à l'atelier, il annonça à Maureen son intention d'accepter l'invitation de son mystérieux amateur d'art.

La jeune femme, qui venait d'aligner devant elle des cartes de tarot, sursauta et pinça les lèvres.

— La papesse… l'étoile… la lune… la Maison-Dieu ! L'ambiguïté ou la duplicité… Quelque chose de mal va arriver… Une catastrophe se prépare. N'y va pas ! Je t'en supplie ! J'ai un mauvais pressentiment…

Il mélangea ses cartes en riant.

— Je ne crois pas à ces sottises.

— Tu as tort, protesta Maureen. Les cartes ne mentent jamais.

Comme il n'avait pas assez d'argent pour se faire véhiculer, Étienne décida de se rendre à pied jusqu'à l'adresse indiquée.

Il était déjà tard. Le ciel rougeoyait, et il fut étonné de constater que des enfants déguisés encombraient les rues. Il se rappela alors qu'on se trouvait au soir de l'Halloween.

Une voiture de police passa au ralenti près de lui, et le patrouilleur, sur le siège du côté droit, le dévisagea d'un air soupçonneux. À un moment donné un diablotin qui descendait en trombe un escalier de fer en colimaçon se jeta dans ses jambes. Étienne le rattrapa. Le bambin resta bouche bée puis détala, envahi par un indicible effroi.

Étienne tendit la main pour le retenir.

— Voyons, n'aie pas peur !

L'enfant rejoignit en courant une bande de gamins qui, à leur tour, se dispersèrent comme une volée de moineaux effrayés.

Étienne poursuivit son chemin. La rue qu'il cherchait gravissait le versant ouest de la montagne, dans un quartier cossu de style victorien. Il s'arrêta devant un grand manoir caché derrière un portail monumental et un rideau d'arbres centenaires.

Il appuya sur le bouton de la sonnette. Au premier tintement, trois molosses écumant de rage se précipitèrent sur la grille en aboyant furieusement. Le propriétaire des lieux mit du temps à répondre. Une porte grinça. Une silhouette noire se dessina derrière le lourd portail. Un juron bref. Les chiens se turent.

— Ah ! c'est vous ! Entrez ! Ne craignez rien : ils ne vous feront aucun mal.

De l'extérieur, la maison semblait délabrée. Murs lézardés, lierre envahissant, carreaux cassés, corniche de bois pourri. Mais dès qu'il en eut franchi le seuil, Étienne fut frappé par la splendeur des boiseries et la fabuleuse collection de tableaux de maîtres accrochée aux murs. Des primitifs flamands, des toiles grouillantes de monstres de Jérôme Bosch, des gravures sataniques de Goya. Il s'agissait d'œuvres inconnues ou considérées comme disparues depuis des siècles. Chacune d'entre elles valait des millions !

Devinant l'étonnement du peintre, le propriétaire de ce fabuleux trésor plaisanta sur un ton qui sonnait faux.

— La Bourse, jeune homme ! Pendant un temps, j'ai réussi de bons coups… Au fait, je ne me suis pas présenté, ajouta l'homme en posant familièrement sa main sur l'épaule de son visiteur : Charlie Blackburn, courtier et collectionneur !

À ce contact, Étienne eut un mouvement de recul. Car cette main avait un aspect inhabituel. Sa peau jaunâtre était desséchée et si décharnée qu'elle ressemblait à celle d'une momie qu'on aurait greffée à la hauteur du poignet.

Blackburn fit mine de ne pas remarquer la réaction d'Étienne et s'arrêta devant d'épaisses tentures cramoisies qui dissimulaient la porte blindée d'une sorte de chambre forte dont il neutralisa le système d'alarme.

— Entrez, il est ici! souffla-t-il à voix basse.

La pièce baignait dans l'obscurité, et il y régnait une chaleur excessive.

— Attendez, je vais allumer…

Une lumière crue aveugla Étienne. Quand il rouvrit les yeux, il resta figé d'étonnement. Devant lui se dressait un immense triptyque ouvert, enchâssé dans un autel de bois sculpté. Les trois panneaux de bois, peints dans le style du peintre de Bruges Hans Memling, représentaient le jugement dernier.

Une œuvre extraordinaire qui, malgré l'outrage des siècles, avait conservé une beauté et une violence à couper le souffle. Comme dans beaucoup de retables semblables, on voyait, au centre, un ange en cuirasse qui tenait d'une main une épée et de l'autre une balance sur les plateaux de laquelle s'entassaient des défunts fraîchement sortis de leurs tombes et encore enveloppés de leurs suaires. Dans le ciel, d'autres anges jouaient de la trompette, tandis qu'au centre de la voûte céleste, entouré d'une cohorte de saints, un dieu sévère, l'index levé, présidait l'impitoyable tribunal des âmes. Le panneau de gauche, fidèle à la tradition, évoquait quant à lui, le paradis, avec saint Pierre accompagné d'angelots musiciens accueillant les élus sur le seuil d'un magnifique portail gothique symbolisant l'entrée du jardin d'Éden. Mais c'était, sans conteste, le volet de droite qui captivait le regard. Il prolongeait directement la scène centrale où, dans le bord inférieur, on voyait des diables à ailes de chauvesouris et de papillons de nuit se disputer les damnés rejetés par la justice divine, qu'ils enfourchaient ou chargeaient sur leurs épaules pour, en quelque sorte, sortir du tableau et réapparaître triomphants dans la section voisine, consacrée à l'enfer.

Ce panneau produisait un effet prodigieux. Au milieu des flammes, des grappes de corps humains tournoyaient dans l'espace comme précipités du haut d'une falaise invisible dans un gouffre sans fond. Leurs visages hurlants étaient marqués du sceau d'une indicible terreur, bien que leur nudité étonnamment provocante gardât tout son pouvoir de séduction. Un personnage, en plein centre de ce tourbillon infernal, attira particulièrement l'attention d'Étienne. Une beauté rousse dont les traits lui rappelaient ceux de Maureen. La femme, renversée la tête en bas, reins arqués et seins tendus, semblait essayer désespérément d'échapper à un démon à groin de porc qui lui avait déjà planté ses griffes dans la gorge.

Fasciné, Étienne s'approcha un peu plus près. La vitalité et la sensualité sauvages qui émanaient de cette pécheresse l'intriguaient. Ces yeux révulsés, cette bouche ouverte, ce ventre offert, tout cela, au fond, pouvait aussi bien exprimer l'extase amoureuse que la terreur. D'ailleurs, cette observation s'appliquait à l'ensemble de la composition. Ces masses humaines qui se tordaient dans toutes les positions évoquaient autant l'épouvante devant la damnation éternelle qu'une sorte de sabbat effréné et une fête orgiaque de la chair.

C'est incroyable, pensa Étienne, *l'artiste qui a peint ça a rendu l'Enfer infiniment plus captivant et désirable que le Paradis. Cela frise l'hérésie.*

Monsieur Blackburn, qui jusque-là se tenait en retrait, dut s'apercevoir du trouble qui avait gagné son invité. Il se plaça à ses côtés et se mit, également, à examiner le troisième panneau du triptyque.

— Vous l'avez remarqué, vous aussi, n'est-il pas vrai?

— Quoi?

— Cet Enfer ne semble pas de la même main que le reste. Ici, ça bouge, ça hurle. Sur les deux autres panneaux, ça suinte l'ennui. Regardez les élus : un triste troupeau sans expression… Et puis il y a dans la partie centrale ce détail singulier, là…

Le collectionneur désignait la tête de l'ange justicier.

Étienne se leva sur la pointe des pieds pour voir de plus près. Il approuva. L'œil gauche de l'archange différait de l'œil droit. Il était rouge et brillait d'un éclat particulier avec une lueur de haine et d'ironie dans la pupille.

Après un examen plus minutieux, Étienne remarqua qu'à cet endroit la peinture s'écalait et qu'en fait cet œil n'appartenait pas réellement à l'ange, mais à un autre personnage peint en dessous, que l'artiste avait sans doute recouvert d'un badigeon. *A priori*, cette découverte ne représentait rien de très original, car tous les spécialistes savaient qu'autrefois la coutume voulait que, par souci d'économie, on réutilise souvent de vieux supports en les enduisant d'une couche d'apprêt. Par contre, ce qui frappait le spectateur, c'était l'impression produite par cet œil injecté de sang qui étincelait d'un tel éclat qu'on le pensait vivant et qu'on avait l'impression qu'il vous suivait du regard.

De toute évidence, cette œuvre étonnante recelait un mystère qu'Étienne brûlait d'éclaircir.

D'expérience, le peintre savait qu'avant d'accepter un contrat, il valait mieux ne pas trop manifester un enthousiasme débordant. Il recula donc, les mains dans les poches, et s'informa d'un air faussement désintéressé :

— Que voulez-vous que je fasse, monsieur Blackburn ?

Celui-ci répondit :

— Je veux voir ce qu'il y a dessous…

— Ce sera long. C'est un travail délicat, et cette œuvre magnifique risque d'être irrémédiablement endommagée.

— Je m'en moque. Prenez tout votre temps. Le prix m'importe peu.

— Eh bien, c'est entendu, dit Étienne en sortant la main de sa poche pour sceller l'entente.

— Oh ! Vous avez laissé tomber une pièce de monnaie ! s'exclama le collectionneur.

— C'est juste une cenne noire, sourit Étienne. Gardez-la ! On dit que ça porte chance.

— Merci beaucoup ! remercia l'homme en serrant de nouveau chaleureusement la main du peintre, comme si ce dernier venait de lui faire un cadeau inestimable.

— Vous plaisantez, j'espère, s'esclaffa de rire l'artiste.

Étienne revint le lendemain et exigea que le retable, malgré son poids considérable, soit déménagé dans un endroit mieux éclairé et exposé à la lumière naturelle de préférence. Monsieur Blackburn lui proposa la serre abandonnée qui jouxtait la maison. Vu la taille de l'œuvre, l'artiste réclama également qu'on lui dresse un échafaudage, afin de pouvoir travailler plus commodément qu'au sommet d'une échelle. Chacune de ses demandes fut satisfaites sans la moindre discussion.

Quand tout fut installé, monsieur Blackburn vint s'assurer en personne que rien ne manquait.

— Je pars pour l'étranger demain matin, dit-il à Étienne ; je serai absent plusieurs semaines. En attendant, je vais vous signer un chèque…

Le téléphone l'interrompit.

— Excusez-moi, je n'en aurai que pour un instant…

Dix minutes plus tard, le collectionneur n'était toujours pas revenu.

De la pièce voisine s'élevaient des éclats de voix, et sans le vouloir Étienne entendit des bouts de conversation. Il était question de riches clients arabes et de sommes d'argent importantes à rembourser. Le nom d'Interpol fut également mentionné à deux reprises.

Le peintre ne prêta pas trop attention à cet échange dont il ignorait la teneur véritable et il escalada l'improbable assemblage de planches et d'écoperches au sommet duquel il allait devoir besogner une ou deux semaines.

Monsieur Blackburn réapparut.

— Ah ! Vous êtes là-haut ?

— Des ennuis ? s'informa Étienne par pure politesse.

— Non. Les affaires… Bon, je vous laisse travailler. J'ai fait garder les chiens. Quelqu'un vous ouvrira chaque matin et refermera le soir.

— Très bien.

Son hôte parti, Étienne se mit à évaluer les difficultés de l'entreprise qui lui avait été confiée. Dès la première inspection, le triptyque révéla quelques-uns de ses secrets. L'œuvre visible en cachait bien une autre. Les craquelures abondaient, et sous certaines on devinait facilement les couleurs de l'original sous-jacent. En vérité, Étienne avait même rarement vu une peinture de valeur dans un tel état. On aurait dit que la couche picturale emprisonnée en dessous avait pris de l'expansion, ou plutôt que cette matière animée par une force mystérieuse avait enflé, et cherché à se libérer en faisant éclater la croûte qui la masquait.

Armé d'un grattoir et d'un scalpel, Étienne commença donc par faire sauter une à une ces écales de peinture à demi soulevées en attaquant la figure centrale de l'ange peseur d'âme. Mais très vite sa curiosité se changea en effroi. En effet, sous la cuirasse étincelante du séraphin apparut d'abord ce qui ressemblait à un torse nu couvert de pustules et de chancres. Puis, plus bas, un ventre où grimaçait au niveau du nombril un deuxième visage, qui tirait la langue entre ses canines de fauve. Puis plus bas encore, un phallus surdimensionné et l'ébauche d'une cuisse velue aux poils roux hérissés.

Ce n'était pas la première fois qu'Étienne découvrait ce genre de représentation, si bien que son interprétation ne faisait aucun doute. Il s'agissait d'un portrait du diable tout droit sorti de l'imagerie fantastique de la fin du Moyen Âge. En revanche, la violence des couleurs et le réalisme cru de certaines parties de cette créature monstrueuse étaient tout à fait inhabituels.

Il revint au visage de l'ange et entreprit de sonder délicatement la zone autour de l'œil gauche déjà à découvert. Or, à peine effleura-t-il la couche de peinture de ses doigts gantés de latex qu'un large fragment se décolla et se fracassa en mille miettes dès qu'il toucha le sol.

Étienne, surpris, recula vivement. Une des planches de l'échafaudage glissa. Il voulut se raccrocher au garde-fou. Celui-ci céda, et il perdit pied. Mais, juste avant de basculer dans le vide, l'espace d'une seconde, il eut le temps d'apercevoir ce que les débris de peinture avaient révélé.

C'était, sur un fond ténébreux, le grand Satan en personne qui le fixait de ses yeux de feu et tendait son horrible main griffue vers lui…

II

Quand il se réveilla, Étienne gisait sur un lit d'hôpital, la tête bandée, le bras gauche dans le plâtre. Maureen était penchée sur lui. Elle avait teint ses cheveux en roux. Un roux flamboyant.

Le peintre tenta de se lever.

— Que m'est-il arrivé ? murmura-t-il, la langue pâteuse et l'esprit engourdi par les nombreuses drogues qu'on lui avait administrées.

Maureen le força à se rallonger.

— Ne t'agite pas ainsi. Le médecin va venir.

Effectivement, quelques minutes plus tard, l'interne pénétra dans la pièce.

— Chambre 66… C'est vous la chute d'un échafaudage ?

Il était pressé et, tout en feuilletant ses dossiers, il fit à Étienne l'aumône de quelques explications sur son état, avec l'air agacé du spécialiste qui daigne perdre quelques précieuses minutes à renseigner un patient trop ignorant pour comprendre quoi que ce soit.

Étienne saisit néanmoins qu'à la suite de sa chute, il avait subi un traumatisme crânien sévère suivi d'hémorragies. Alors qu'il était encore plongé dans un état semi-comateux, on lui avait fait passer une tomodensitométrie et on lui avait découvert un hématome important. Il avait fallu l'opérer. Maintenant, tout était apparemment normal : mémoire, vision, motricité. Seul motif d'inquiétude : sa main gauche partiellement immobilisée dans le plâtre. Exsangue, elle semblait avoir perdu toute sensibilité.

— Êtes-vous gaucher ? demanda le médecin.

— Oui, répondit Étienne.

— En plus vous êtes peintre... C'est ennuyeux, poursuivit l'homme à la blouse blanche. Mais dites-vous que vous revenez de loin. Après quelques séances de physio, la circulation devrait se rétablir, et tout rentrera dans l'ordre. En attendant, reposez-vous. Je repasserai demain vous enlever le plâtre.

C'est à la fin de cette semaine-là qu'Étienne reçut une visite inattendue qui le replongea en plein mystère et le persuada que quelque chose d'anormal s'était produit le jour de son accident.

Le visiteur se présenta comme un policier désirant lui poser quelques questions.

— Inspecteur Prudhomme. Vous allez mieux ? Dites donc, vous vous êtes payé une sacrée chute ! Vous avez eu de la chance. Beaucoup de chance…

Étienne approuva d'un hochement de tête.

— … Plus de chance en tout cas que monsieur Blackburn. Vous vous souvenez de M. Blackburn, le courtier de Westmount pour qui vous travailliez ?

— Bien sûr, lui répondit le peintre avec une pointe d'impatience dans la voix. Pourquoi ? Il lui est arrivé malheur ?

— Eh bien, il a disparu et, comme vous êtes le dernier à l'avoir vu…

— Je ne saisis pas comment je pourrais vous aider. Il venait rarement dans l'atelier que j'avais installé dans la serre. Il s'apprêtait à partir en voyage, je crois…

— Lui connaissiez-vous des ennemis ?

— Je sais juste que la dernière fois que je lui ai parlé, le jour de mon accident, il avait l'air soucieux. Il venait de recevoir un coup de téléphone…

Le policier cessa de griffonner dans son carnet et fixa Étienne dans les yeux.

— Et vous n'êtes au courant de rien d'autre?

Étienne s'impatienta.

— Mais enfin, allez-vous me dire ce qui s'est passé?

L'enquêteur referma son calepin et le glissa dans la poche intérieure de sa veste de cuir.

— La maison a été cambriolée ou plutôt… elle a été complètement saccagée. Meubles brisés, murs souillés, tentures déchirées. Des traces de feu un peu partout… Comme s'il y avait eu lutte. Un vrai déchaînement de bête furieuse. On a d'ailleurs retrouvé sur les lieux un indice qui nous laisse penser que monsieur Blackburn a sans doute été victime d'une agression sauvage.

— De quoi s'agit-il?

— De traces de sang. Il y en avait un peu partout… Des taches de sang et un couteau….

— Vous n'allez tout de même pas croire que…

L'inspecteur posa sa main sur l'épaule d'Étienne.

— Non, non ! Ne vous inquiétez pas. Vous ne faites pas partie des suspects. Au début, on a eu des doutes à votre sujet. Quelqu'un nous a même téléphoné pour vous faire porter le chapeau. Mais nous avons fait des tests d'ADN. C'est même ça le plus curieux…

— Comment ça ?

— Les résultats ne correspondent à RIEN. Rien d'humain en tout cas.

Le policier avait intentionnellement appuyé sur cette dernière phrase pour mieux observer les réactions du peintre.

Il dut être déçu, car Étienne ne broncha pas, se contentant de prendre le verre posé sur sa table de chevet et d'avaler une gorgée d'eau avant de poser une dernière question.

— Et le retable ?

— Quel retable ?

— Le tableau pour lequel ce monsieur Blackburn m'avait engagé.

— Volé, probablement. Comme toutes les autres toiles de la collection.

Étienne reposa lentement son verre et esquissa un sourire.

— Vous pouvez fouiller dans mon placard. Ce n'est pas moi qui les ai.

L'inspecteur remonta la fermeture éclair de sa veste et réajusta son chapeau. Puis, il fit une sorte de salut des deux doigts sur le bord de son couvre-chef. Mais, juste avant de quitter la chambre d'hôpital, il se retourna.

— Heureusement pour vous, remarquez. Car, d'après le catalogue informatisé sur lequel nous avons mis la main, ces œuvres n'appartenaient pas à monsieur Blackburn. Certaines avaient été dérobées par les nazis au cours de la dernière guerre. Les autres, selon notre enquête, proviendraient de grands musées. Une série de vols étranges. Ni traces d'effraction ni déclenchements de systèmes d'alarme. Une vraie énigme.

⇴

La physiothérapeute questionna Étienne pour la troisième fois en lui serrant le bout des doigts.

— Sentez-vous quelque chose?

— Non, rien.

— Vous pouvez bouger les doigts?

— Oui, juste un peu.

Depuis qu'on lui avait ôté son plâtre, Étienne subissait chaque jour le même interrogatoire.

— Vous êtes sûr?

— Oui.

— Pourtant votre main est pas mal boursouflée. Elle devrait vous faire souffrir. Et cette couleur… Je n'ai jamais rien vu de semblable. On dirait qu'on vous a greffé la main d'un autre. Pourtant, ce n'est pas la gangrène… Pas d'infection.

La spécialiste se pencha. Son chemisier était légèrement ouvert. Elle portait une petite croix en or, qui s'en échappa et frôla par hasard les extrémités noircies du pouce, de l'index et du majeur d'Étienne.

Aussitôt, les trois doigts se rétractèrent vivement comme sous l'effet d'une brûlure.

— Vous voyez que vous êtes capable de les bouger ! s'écria la jeune femme.

— Oui, mais c'est drôle, répondit le peintre. Je ne les sens pas. J'ai l'impression qu'ils réagissent tout seuls… sans que je les commande.

— Ne dites pas de sottises. C'est impossible. Et là, si je vous pique, vous devez ressentir une légère douleur ?

— Non.

Décontenancée, la physiothérapeute se leva et alla échanger quelques mots avec l'infirmière de garde, qui hocha elle aussi la tête comme si elle partageait son étonnement.

Étienne s'approcha de la croisée qui donnait sur la cour intérieure. Un peu plus bas, dans le jardin, un gros matou se chauffait au soleil, couché sur le dossier d'un banc. Le peintre frappa à la vitre pour attirer l'attention de l'animal. Celui-ci s'étira en arrondissant le dos puis, d'un bond, sauta sur le rebord de la fenêtre. Habitué sans doute à recevoir discrètement quelques gâteries de la part des malades, il se frotta sur la brique, poussa un ou deux miaulements plaintifs, puis s'assit sur son derrière. Étienne tourna l'espagnolette et tendit la main gauche pour caresser la tête du chat. Mais le félin, au lieu de se laisser flatter, recula brusquement, griffes sorties, et se mit à feuler de manière menaçante.

— Voyons, ne crains rien, je ne te ferai pas de mal ! murmura Étienne en continuant d'avancer la main.

L'infirmière se précipita.

— Voyons, fermez cette fenêtre immédiatement et ne touchez pas à cette bête !

Penaud, le peintre obéit. La garde lui saisit le poignet.

— C'est malin ! Regardez, il vous a griffé au sang. Il va falloir désinfecter ça au plus vite.

Incrédule, Étienne regarda sa paume striée de lignes rouges, où perlaient des gouttes de sang foncé.

Il ne sentait toujours rien.

La peur ne naît pas spontanément à la première menace qui nous assaille. Elle se tisse le plus souvent lentement au fil d'une succession d'événements en apparence anodins qui, pris séparément, ne signifient rien, mais qui, reliés entre eux, emprisonnent notre conscience dans une toile d'araignée au centre de laquelle s'installe l'angoisse.

Étienne ne vécut pas autrement les menus incidents qui se succédèrent pendant son séjour à l'hôpital, lesquels l'amenèrent à penser qu'il lui était peut-être arrivé quelque chose défiant les règles de la stricte rationalité.

Il y eut d'abord cette rencontre dans le corridor avec une Italienne toute vêtue de noir. Son mari se mourait d'un cancer du poumon dans la chambre voisine. Elle priait en marchant et se heurta si rudement au jeune peintre qu'elle glissa sur le plancher ciré et laissa échapper son chapelet. Étienne lui tendit la main pour l'aider à se relever. La vieille femme refusa. Il se baissa et voulut au moins ramasser l'objet de dévotion qu'elle avait perdu. Le fil qui tenait les grains de buis se rompit et les billes de bois roulèrent par terre.

— *Maledétto! Non tocca me!* grogna la vieille en se remettant difficilement sur pied. Écartez-vous!

Étienne ne se formalisa pas outre mesure de cette réaction mais, par la suite, il repensa souvent à cette scène. D'autant que, les jours suivants, d'autres événements troublants se produisirent.

Ce furent ces mouches qui envahirent sa chambre en essaim bourdonnant comme si elles cherchaient quelque charogne en état de putréfaction. Ce fut ensuite un de ses médecins traitants qui mourut emporté soudainement par une bactérie mortelle. Puis, les ampoules électriques éclatèrent sans raison, et un début d'incendie laissa sur le mur des toilettes une ombre noire dans laquelle certains crurent déceler le dessin d'un visage ricanant. Enfin, la veille du départ d'Étienne, une main vengeresse traça en lettres rouges sur le linteau de la chambre 66 :

VADE RETRO SATANAS

— Qu'est-ce que ça veut dire ? demanda le peintre aux curieux qui s'étaient assemblés pour voir l'inscription.

— C'est du latin. Cela signifie : « Arrière, Satan ! » précisa une jeune interne.

Un fou rôdait-il entre les murs de l'hôpital ? Ou bien celui-ci était-il tout entier victime d'une sorte de climat d'hystérie collective ? Ou bien…

III

Lorsqu'Étienne reçut enfin son congé, il appela Maureen pour qu'elle vienne le chercher. Il laissa sonner longuement.

Pas de réponse.

— Faites-moi venir un taxi, demanda-t-il à l'infirmière de garde.

C'est en prenant l'ascenseur qu'Étienne se rendit compte que sa main gauche, jusque-là froide et insensible, avait commencé à reprendre vie. Une curieuse impression. Celle qu'un flux brûlant irradiait nerfs et vaisseaux réveillant chaque muscle et leur redonnant une force prodigieuse. Il fit jouer chacune de ses phalanges et serra le poing. Sa main semblait avoir recouvré toute sa souplesse. Mais, sans trop savoir pourquoi, il l'enfonça au fond de sa poche comme s'il cherchait à la cacher au regard des autres occupants de l'ascenseur.

Quand il fut dehors, le malaise s'accentua encore. La main accidentée, qu'il tentait de garder sagement contre sa cuisse, se contractait et se dépliait sans arrêt de manière incontrôlable. Elle rampait avec une sournoiserie reptilienne. Elle grattait le denim de son jeans et plantait ses ongles dans sa peau comme un animal qui se serait débattu pour s'échapper du sac où on l'aurait enfermé.

C'est ridicule! pensa-t-il. *Ce doit être l'effet des médicaments ou à cause du plâtre qu'on vient de m'ôter. Elle est encore engourdie, et c'est la circulation qui est en train de se rétablir. Pas de quoi s'inquiéter...*

Son taxi n'était pas encore arrivé. Il attendit un long moment devant l'hôpital. Une voiture de police et un camion de pompier passèrent en trombe, gyrophares allumés et sirènes hurlantes. Le ciel était ensanglanté par les lueurs d'un incendie lointain qui ajoutait son éclat sinistre au rougeoiement du soleil couchant.

Une vieille Chevrolet s'engagea lentement dans la rampe menant à l'entrée de l'établissement hospitalier. Étienne sortit la main de sa poche pour lui faire signe. L'auto ralentit. Le jeune peintre s'avança mais, au même moment, un visiteur qui attendait lui aussi devant l'entrée lui coupa le chemin et se précipita pour ouvrir la portière du véhicule.

Étienne protesta.

— Je regrette, c'est mon taxi !

L'homme se glissait déjà à l'intérieur. Étienne lui saisit le poignet.

— Mais lâchez-moi, s'écria l'inconnu, vous me faites mal !

Le jeune artiste n'avait jamais été un être violent et il s'étonna lui-même de la rudesse de sa propre poigne.

— Arrêtez, vous allez m'arracher le bras ! hurla le passager qui se débattit pour se libérer.

Étienne, sans le lâcher, le repoussa brutalement. Le malheureux alla s'affaler sur le trottoir et se releva le nez en sang.

— Non, mais ! Ça ne va pas la tête ?… Vous êtes cinglé !

Sans dire un mot, Étienne s'assit sur le siège, désormais libre, à l'avant du taxi et claqua la porte.

Le chauffeur déclencha le taximètre en bougonnant.

— Y'a pas de quoi en venir aux coups… Où allez-vous ?

— Saint-Dominique coin Faillon, répondit le peintre qui, intérieurement, ne put s'empêcher d'approuver la remarque. Pourquoi avait-il agi ainsi ? Quel démon l'avait poussé à se conduire de façon aussi excessive ? Ce n'était pourtant pas dans sa nature…

On était un vendredi soir. Les trottoirs de la rue Saint-Denis étaient bondés de fêtards et de gens venus magasiner. La circulation en direction nord était néanmoins assez fluide. La Chevrolet roulait à vive allure essayant d'attraper un maximum de feux verts. Le chauffeur, sans doute pour dissiper le malaise causé par l'altercation dont il avait été témoin, tenta à plusieurs reprises d'amorcer une conversation à l'aide des réflexions habituelles sur les sautes d'humeur de la météo et les déboires de l'équipe de hockey locale. Les réponses d'Étienne, sous forme d'onomatopées suivies de longs silences, découragèrent vite tout échange.

Le conducteur tourna le bouton de sa radio de bord et fit mine d'écouter les dernières nouvelles :

— *À Bagdad, sanglant attentat terroriste dans un marché : 50 morts, surtout des femmes et des enfants… Grippe aviaire : un homme contaminé… des oiseaux morts par milliers… la menace de pandémie se précise… Il faut s'attendre à d'autres ouragans*

dévastateurs comme celui de la Nouvelle-Orléans…

Étienne grimaça.

— Baissez le volume, s'il vous plaît.

Le chauffeur jeta un coup d'œil rapide à son passager.

— Vous vous sentez bien ?

Étienne ne répondit pas ou plutôt, trop préoccupé par les pensées qui l'agitaient, il n'entendit même pas la question. Le front moite de sueur, il luttait en effet contre une envie irrésistible qui gagnait sa main gauche et suscitait chez lui deux désirs opposés, comme si son cerveau essayait de reprendre le contrôle de sa main rétive, alors qu'une puissance obscure cherchait au contraire à la pousser à commettre un geste irréparable. Lutte d'autant plus farouche qu'il savait ce que cette main diabolique s'apprêtait à accomplir, tout en se rendant compte qu'il ne parviendrait pas à l'en empêcher. C'était horrible. Ce n'était plus, comme auparavant, de l'ordre du réflexe ou du geste inconscient qui vous échappent, et dont on s'excuse. Tout se passait maintenant comme si sa main, douée de sa propre vie et de sa propre intelligence, se soumettait désormais à une volonté étrangère à la sienne.

Or, que faisait cette main en ce moment ? Sournoisement, depuis plusieurs minutes, elle se glissait vers le chauffeur. Étienne qui la regardait aller terrifié et impuissant, attendait l'instant où elle s'emparerait du volant pour précipiter le taxi dans un carambolage monstre ou, pire encore, lui faire faucher une foule de passants innocents.

Que m'arrive-t-il ? se demanda le peintre au comble de la peur panique. *Suis-je en train de perdre la raison ? Il faut que je me concentre. Il faut que je réagisse. Tout ça, c'est dans mon imagination...*

Profitant du fait que le chauffeur jouait avec le clavier de sa radio et cherchait à syntoniser une chaîne musicale, Étienne osa, l'espace de deux ou trois secondes, fixer son regard sur cette main monstrueuse qui ne lui appartenait plus. Elle lui sembla tout à coup plus large et plus longue qu'avant son accident. Ses doigts paraissaient plus effilés. Ses veines plus saillantes. Sa peau ridée et parcheminée présentait sur le dos un duvet roussâtre dont il n'avait jamais remarqué l'existence. Et cette main étrangère, il la voyait bouger lentement... Elle se faufilait vers le volant telle une créature prédatrice à l'affût. Encore quelques centimètres et elle allait attaquer...

Étienne ferma les yeux afin de mobiliser toutes ses forces mentales et, d'un geste vif, plaqua sa main droite dessus, l'emprisonnant étroitement pour la ramener de force vers lui.

Le chauffeur, témoin de ce manège étrange, s'inquiéta :

— Mais que diable faites-vous là ?

Étienne redoubla d'efforts, mais sa main rebelle résista et s'accrocha au tissu de la banquette pour finalement réussir à se libérer, et d'un bond agripper le volant en cherchant à le tourner brusquement vers la droite.

Le taxi fit une violente embardée et heurta une camionnette stationnée. Sous l'impact, le véhicule rebondit et se mit à zigzaguer dangereusement. Le chauffeur appliqua violemment les freins, et la Chevrolet s'immobilisa dans un long crissement de pneus.

— Vous voulez nous tuer ! Qu'est-ce qui vous a pris ? vociféra le conducteur. Lâchez-ça !

La main coupable s'ouvrit et retomba sur le siège, doigts écartés.

Effaré, Étienne bredouilla :

— Ce n'est pas ma faute… C'est… C'est ELLE !

— Vous êtes fou ! Sortez de mon taxi ! Non, restez ! J'appelle la police !

Étienne ne lui laissa pas le temps de décrocher son émetteur-récepteur pour alerter son répartiteur. D'un coup d'épaule, il avait déjà ouvert la portière et s'était perdu dans la foule en gardant sa main gauche serrée contre lui.

Dans l'escalier menant à son atelier, le peintre croisa une voisine tenant son marmot dans ses bras. Il la salua et voulut passer sa main dans les cheveux bouclés de l'enfant. Mais celui-ci se mit à pleurer bruyamment. Sa mère voulut le calmer.

— Voyons, Nicolas, tu ne reconnais pas Étienne, le gentil monsieur du cinquième ?

Le gamin redoubla ses pleurs en se cachant le visage dans le cou de la jeune femme.

— Je suis désolée, s'excusa-t-elle. Je ne sais pas ce qui lui prend…

— Ce n'est pas grave…

Plus déprimé que jamais, Étienne rentra chez lui. Où était Maureen ? Le lit était défait. Les tiroirs ouverts. Des sous-vêtements traînaient sur le plancher, et de la vaisselle sale encombrait l'évier. L'air vicié sentait l'urine de chat et la viande pourrie.

Il s'enferma dans la salle de bains et se lava les mains en les frottant énergiquement. Il les examina, les tourna, les retourna.

Sa main gauche avait repris une apparence normale.

Il avait chaud. Il renfila sa veste de jeans et descendit jusqu'au dépanneur du coin pour s'acheter de la bière. Le commis tapa le total sur les touches de la caisse enregistreuse et lui demanda, juste par habitude :

— Un petit billet de loterie avec ça ? Le gros lot est de 10 millions…

La tête ailleurs, Étienne prit un coupon de participation et noircit six chiffres sans y penser. Le commis lui remit sa monnaie.

Le peintre s'apprêtait déjà à sortir quand l'employé le rappela :

— Monsieur, vous avez oublié votre billet !

Étienne empocha distraitement le bout de papier. Une insupportable migraine lui taraudait les tempes. Il voulut retourner chez lui, mais il s'aperçut qu'il s'était trompé de porte. Il ressortit, désorienté. La tête lui tournait. Sourd aux remarques désobligeantes des passants qui s'écartaient devant lui en le prenant pour un ivrogne ou un drogué, il remonta ainsi toute la rue en titubant sans se rendre compte qu'il s'éloignait de son atelier.

— Regardez-moi ça ! Si jeune… Quelle pitié ! s'exclama une commère en s'adressant à une voisine qui balayait son balcon à l'étage du dessus.

Étienne erra longtemps dans des rues qui, en temps normal, auraient dû lui sembler familières, mais qui lui apparaissaient maintenant comme autant de détours tortueux et de culs-de-sac l'enfermant peu à peu dans le dédale d'un inextricable labyrinthe. Les escaliers de fer, les trous d'ombre des ruelles, les lueurs glauques des vitrines de magasins, tout autour de lui prenait une allure fantastique. Il accosta une adolescente qui lisait, assise sur un banc à l'arrêt d'autobus.

— Où suis-je ?

D'abord curieuse, la jeune fille le dévisagea, puis elle pâlit et se leva brusquement pour disparaître en courant.

Combien d'heures s'écoulèrent ainsi ? Plusieurs, sans doute.

Quand il émergea de cet état second, il se trouvait de nouveau devant la galerie de sa propre maison. Il monta à l'étage et se laissa tomber dans son fauteuil, les deux mains à plat sur les accoudoirs de cuir. C'est alors qu'il se rendit compte que sa chemise était déchirée, et que les jointures de sa main gauche saignaient.

Avec qui s'était-il battu ? Pourquoi ? Il était sorti acheter de la bière au dépanneur. Ça, il s'en rappelait. Mais après ? Il avait marché… Tout se brouillait dans sa tête…

Sa mémoire ne conservait que des images confuses qui ressemblaient à ces restes de cauchemars qui s'effacent au petit matin, dans cette espèce de brouillard de la conscience séparant l'état de sommeil du lent éveil des sens. Même s'il s'évertuait à tisonner les cendres de sa mémoire, il n'arrivait pas à se remémorer comment il était revenu dans son atelier ni pourquoi il éprouvait cet obscur sentiment d'avoir commis quelque chose de grave sinon d'impardonnable.

Pour mieux réfléchir, il éteignit la lumière et ferma les yeux. Quelques bribes de souvenirs lui revinrent, comme les séquences trop furtives d'un film endommagé : des bouges enfumés emplis d'une musique assourdissante… Une violente bagarre avec une brute à la mine patibulaire au sujet d'une dette impayée… La rue de nouveau… Une silhouette noire qui le suivait… Un visage qu'il croyait reconnaître. Enfin, plus flou encore : un grand bâtiment avec des colonnes et un fronton à la grecque… Une salle… Des tableaux parmi lesquels une toile représentant deux femmes poitrines nues, poursuivies par des créatures hirsutes à pattes de bouc… La sonnerie stridente d'un système d'alarme… Des voitures de police en travers de la chaussée… Une course éperdue…

Il aurait voulu éclaircir tout cela, mais il se sentait épuisé. Il se leva, déplia le futon et, aussitôt étendu, sombra dans un profond sommeil, qui lui donna l'impression de basculer dans un puits ténébreux sans fond.

Ce fut la voix de Maureen qui le tira de sa torpeur.

— Pardonne-moi, je n'ai pas pu aller te chercher à l'hôpital.

Elle avait les yeux rouges, le regard un peu vide et la langue molle de quelqu'un qui a abusé de l'alcool. Étienne se demanda si, de nouveau, elle ne «chassait pas le dragon[1]».

Elle se coucha en se lovant contre lui à la manière d'un enfant chassé de son lit par une peur nocturne irraisonnée. Sa respiration se

---

1. Expression imagée utilisée par les adolescents qui, en Écosse, consomment de l'héroïne.

fit plus courte. Il sentit sa poitrine menue contre son dos et la pression de son ventre.

Il repoussa doucement ses avances.

— Qu'y a-t-il? soupira-t-elle, tu es fâché?

Étienne se retourna.

— Non… J'ai mal à la tête. J'ai un truc bizarre qui m'arrive avec ma main gauche et j'ai des trous de mémoire.

Elle l'écouta raconter l'épisode du taxi et comment il ne conservait pas la moindre souvenance de ce qu'il avait pu faire depuis les premières heures de la nuit.

Elle parut troublée.

— Tu ne te souviens vraiment de rien?

Étienne fut étonné du ton sur lequel elle posa cette question et crut y déceler comme une sorte de soulagement. Pendant une seconde, il se demanda même si sa compagne n'assumait pas une part de responsabilité dans cette suite d'événements étranges. *Peut-être cherche-t-elle également à s'assurer que je ne pourrai jamais déterminer jusqu'à quel point elle se trouve mêlée à cette affaire,* pensa-t-il. *Et si elle avait replongé dans la drogue?* Elle pouvait bien lui mentir pour se procurer de l'argent. Les tableaux volés chez monsieur Blackburn valaient une fortune.

Or, pour acheter leur saleté, les toxicomanes sont prêts à pactiser avec le diable en personne…

Couchée sur le dos et les yeux fixés au plafond, Maureen murmura :

— Tu devrais retourner voir le docteur… À moins que…

— Que quoi ?

Elle hésita avant de poursuivre.

— À moins que tu ne sois sous l'emprise de quelque chose… Une sorte de force qui t'échappe. Tu sais, j'ai lu que, dans de nombreux pays, on refuse de serrer la main à certaines personnes de peur d'être assujetti à leur pouvoir.

Elle s'interrompit et se retourna en s'appuyant sur le coude pour parler plus commodément.

— Tu ne me crois pas, évidemment !

— Non. Tu lis trop de ces bouquins écrits par des illuminés.

— Pourtant, tu n'es pas tombé de cet échafaudage par hasard. Quelque chose t'a effrayé. Reconnais-le. À l'hôpital, dans ton sommeil, tu parlais d'une sorte de démon caché sous la peinture et d'une main qui se serait tendue vers toi.

Étienne sentit tout à coup sa main gauche, jusque-là endormie, se contracter comme pour retrouver sa vitalité.

— J'avais la fièvre. Je devais délirer… Qu'est-ce que le diable vient faire là-dedans ?

— Tu sais ce qu'un poète a dit à propos du diable ?

— Non.

— Qu'à notre époque où la science et l'incrédulité triomphent, la plus belle ruse du démon était d'avoir réussi à faire croire qu'il n'existait pas. Regarde autour de toi : massacres, épidémies, pollution, pornographie, désespoir, suicide, ce monde est son royaume. Ce monde n'attend plus que lui pour le couronner. Et si cette main que tu ne contrôles plus était la sienne ? S'il avait décidé de se servir de toi ?

— Tu es complètement folle ! La main du diable !

— Ne ris pas ! On dit dans l'Apocalypse selon saint Jean que Dieu a enchaîné le diable pour 1000 ans au fond d'un puits de ténèbres en attendant la fin du monde. Mais le Malin a pu s'échapper. Une partie de lui a pu se libérer. Juste sa main, par exemple. Quand j'étais petite, mon grand-père me racontait une histoire à ce sujet…

— J'adore les histoires, plaisanta Étienne, faussement enjoué.

— Il avait entendu dire qu'un jour le diable s'était coupé volontairement la main gauche à la hauteur du poignet, et que celle-ci circulait désormais de par le monde. Celui qui entrait en sa possession devenait riche et célèbre. Il se trouvait doté de pouvoirs prodigieux et pouvait tout faire impunément. Mais, sous peine d'être damné à jamais, il devait la vendre avant de mourir pour que quelqu'un d'autre en hérite et devienne à son tour l'outil du Démon.

— Et comment se faisait cet échange ?

— Mon grand-père prétendait que dans un pub de Glasgow, il avait vu une main de ce genre à demi momifiée. Son propriétaire l'avait tranchée avec une hache et gardée dans une boîte jusqu'à ce qu'un ivrogne la touche par curiosité et propose de l'acheter. Parfois la vente s'effectuait sans même que l'acheteur le sache…

— Comment ça ?

— Eh bien, ceux qui étaient pris avec la main du diable finissaient par être prêts à n'importe quoi pour s'en débarrasser. Mais, à mesure que le temps passait, c'était de plus en plus difficile car, pour y arriver, il fallait réussir à la vendre seulement pour la moitié de ce qu'ils l'avaient payée. Alors, comme le prix baissait tout le temps, les gens finissaient par se méfier et par flairer le piège. Chaque passeur de la main devait alors trouver un nouveau subterfuge pour se libérer car enfin venait le jour où la main diabolique ne valait plus qu'une seule cenne, et celui qui avait le malheur de se la procurer à ce prix dérisoire, bien sûr, ne pouvait plus la revendre, vu qu'il n'existe pas de pièce d'un demi-cent. C'est alors que le diable en personne revenait proposer de reprendre sa main, mais il exigeait pour ce faire une somme colossale. Et si le malheureux ne parvenait pas à réunir l'argent, le montant réclamé doublait chaque jour…

Étienne frissonna comme si cette dernière phrase avait éveillé en lui quelque réminiscence…

— C'est assez, tout ça, ce sont des contes pour enfants ! Dis-moi plutôt pourquoi tu n'es pas venue me chercher à l'hôpital ?

Maureen se leva pour aller aux toilettes.

À son retour, Étienne lui reposa la question.

Confuse, elle bredouilla :

— J'ai dû sortir… J'avais un rendez-vous urgent… Je ne pouvais pas…

Étienne n'insista pas et tira la couette sur son épaule.

— Je suis fatigué. S'il te plaît, éteins la lumière !

IV

Étienne venait à peine de s'assoupir quand un bruit insolite le réveilla. Des pas feutrés trahis par les craquements des lattes du plancher. À ses côtés, Maureen dormait nue, recroquevillée en chien de fusil. Elle était en sueur. L'un des chats qui dormait sur le tapis avait lui aussi entendu le bruit et fixait les ténèbres, oreilles dressées.

Étienne se leva et alluma une veilleuse au-dessus du comptoir de la cuisinette.

Personne.

Il ouvrit le réfrigérateur et but une gorgée de lait. Un des chats de la maison s'approcha. Il voulut le caresser, mais l'animal fit le gros dos et se déroba en grondant.

Étienne regagna le lit et, dans la pénombre, resta un instant à observer Maureen. Elle avait des marques bleues au creux du bras…

Il n'avait plus sommeil. Il fureta dans un des recoins de l'atelier où s'entassaient pots de peinture, canevas vierges et pinceaux. Une toile à peine esquissée était posée sur son chevalet. Machinalement, il prit un bâtonnet de fusain et commença à dessiner.

Laborieux au début, le trait devint plus sûr ; la main plus rapide. Jamais encore il n'avait travaillé avec une telle aisance et une telle maîtrise. Pourtant, cette fébrilité créatrice, loin de le réjouir, ne tarda pas à éveiller en lui une sourde anxiété qui, peu à peu, se changea en épouvante. Qu'était-il en train de peindre ? Il ne le savait même pas. En fait, à larges coups de brosses et de spatules, le tableau semblait se composer tout seul sans que son esprit en contrôlât ni l'architecture ni les formes ni les couleurs. Tout se passait comme si sa main gauche s'activait en suivant sa propre inspiration.

Autrefois, alors qu'il se prenait pour un nouveau Jackson Pollock, Étienne avait expérimenté une technique de création spontanée en essayant de se libérer de toute contrainte de composition et en laissant ses pinceaux dégoutter au hasard sur une toile posée au sol. Cependant, à cette époque, même inconsciemment, c'était encore lui qui peignait. C'était SON tableau. Maintenant, il s'agissait d'autre chose, et le résultat s'avérait bien différent. La toile qui se peignait sous ses yeux n'avait rien d'abstrait ou d'incohérent, elle était, au contraire, réfléchie avec soin. Mais semblait conçue par un autre. Et, à chaque touche qui s'ajoutait aux précédentes, il en découvrait la splendeur et la violence.

Sur un fond noir, elle représentait dans les tons de rouge, une scène fantastique et hallucinante comme il n'en avait jamais vu ou imaginé. Dans le ciel régnait une sorte de chaos cosmique illuminé par d'aveuglantes explosions nucléaires qui semblaient souffler la lumière des étoiles et arracher les planètes de leurs orbites. Au centre tourbillonnait un gigantesque sabbat où foisonnaient des créatures hideuses entraînant dans leur danse des troupeaux d'êtres humains hurlants sur lesquels s'abattait une pluie de cendres, de feu et de sang.

Aux premières lueurs de l'aube, le peintre, hagard et couvert de taches de peinture, abandonna enfin son chevalet. Le tableau terminé était à la fois si beau et si effayant qu'il le recouvrit d'un drap.

Étienne grimaça de douleur. Sa main gauche lui causait une telle sensation de brûlure qu'il alla dans la salle de bains et fit longuement couler de l'eau froide dessus. De nouveau, elle avait changé d'apparence : pilosité accrue, épaississement de la corne des ongles. Sa peau lui apparut également étrange. Parcourue de veines bleues saillantes, elle présentait des callosités nouvelles et se trouvait parcheminée de tavelures brunâtres ressemblant à ces «fleurs de cimetières» qui d'habitude se multiplient sur l'épiderme des personnes très âgées.

Il retira sa main du jet d'eau, mais ses doigts continuèrent à s'ouvrir et à se fermer comme s'ils luttaient contre une crampe ou comme s'ils guettaient quelque proie invisible.

Étienne repensa à ce que lui avait raconté Maureen. Il convenait qu'en général elle faisait preuve de trop d'imagination. Elle voyait du surnaturel partout, ce qui lui permettait de ne pas voir la réalité sordide qui l'entourait. Cependant, si ce qu'elle avait dit se révélait exact ? Si une entité mystérieuse s'était bien emparée de lui ? Après tout, le «diable» pouvait bien correspondre au nom donné depuis le fond des âges à des forces venues d'ici ou d'ailleurs qui dépassaient l'entendement humain : contamination par un virus inconnu ou emprise de créatures extraterrestres invisibles... Qui sait ?

Oui, cela se pouvait. Il y avait une explication rationnelle à tout cela. Il DEVAIT y avoir une explication!

Étienne avait besoin de prendre l'air. Il fouilla dans le garde-robe de l'entrée et trouva un vieux gant de laine dans lequel il enfila sa main gauche, puis il sortit s'acheter un journal.

En remontant l'escalier, il lut distraitement un des articles qui faisaient la une du quotidien.

UN VOL SPECTACULAIRE
AU MUSÉE DES BEAUX-ARTS
DE MONTRÉAL

Hier soir, peu après l'heure de la fermeture, le Musée des beaux-arts de Montréal a été victime d'un vol aussi audacieux qu'insolite. Un voleur a forcé les serrures sans déclencher immédiatement le système d'alarme ni laisser la moindre trace de son passage sur les caméras de surveillance. Barreaux des grilles de sécurité tordus, pièces de métal fondues: on se demande de quels outils ce nouvel Arsène Lupin s'est servi pour commettre son forfait. Le choix des œuvres dérobées semble tout aussi déconcertant. D'après le conservateur, il ne s'agit pas d'œuvres majeures: des statuettes du Moyen-Orient dont une représentant le dieu mazdéen Ahriman, et un tableau d'Honoré Daumier, intitulé *Deux nymphes poursuivies par des satyres* (1851), don de la famille Van Horne.

Autre détail surprenant, le malfaiteur aurait opéré seul et se serait enfui à pied!

Grâce aux dépositions de plusieurs témoins, la police dispose d'ailleurs d'une assez bonne description de l'individu et se trouve déjà sur les traces d'un suspect. Selon l'inspecteur Prudhomme, celui-ci fait sans doute partie d'un vaste réseau de trafiquants d'œuvres d'art volées qui travaille sur commande et étend ses tentacules à l'échelle internationale.

Le journal toujours à la main, Étienne poussa la porte ouverte de l'atelier. Au milieu de la pièce se tenait Maureen. Elle avait enlevé le drap dissimulant la toile que venait de terminer le peintre et s'en était enveloppée pour se protéger de la fraîcheur du matin. Immobile, elle semblait incapable de détacher les yeux du tableau frais peint. Elle avait dû entendre Étienne entrer car, sans se retourner, elle s'exclama :

— C'est magnifique! Le soleil qui meurt… La pluie de sang… La chute des étoiles dans le puits de l'abîme… Les sauterelles à têtes humaines et à dards de scorpion… Les cavaliers à cuirasses de feu, d'hyacinthe et de soufre montés sur des chevaux à tête de lion et à queue de serpent… La Famine, la Mort, la Guerre et la Pestilence qui dévastent la terre… Le dragon rouge à 7 têtes et 10 cornes… C'est exactement comme ça que je les imaginais…

— Tu l'aimes vraiment ? s'enquit le peintre, visiblement surpris par l'enthousiasme de sa compagne.

— Oui, tout y est comme dans le livre : « Et quand l'ange ouvrit le sceau, il se fit un violent tremblement de terre. Le soleil devint noir comme une étoffe de crin, et la lune entière devint rouge comme du sang. Les étoiles tombèrent sur la terre comme les fruits verts d'un figuier battu par la tempête. Le ciel se retira comme un parchemin qu'on roule. Toutes les montagnes et les îles furent ébranlées…» Je ne savais pas que tu connaissais ce texte !

— Quel texte ?

— Voyons, tu me niaises : l'Apocalypse selon saint Jean !

— Je ne sais pas de quoi tu parles.

— N'empêche tu as peint jusque dans les détails ce qui y est décrit. C'est vraiment stupéfiant.

En disant cela, elle frissonna en serrant un peu plus autour d'elle le carré de coton qui voilait sa nudité.

Étienne s'approcha d'elle par-derrière.

— Tu as froid ?

Il lui caressa tendrement les cheveux et posa les mains sur ses épaules. Elle s'abandonna en se pelotonnant contre lui.

Il continua à la caresser et, sans qu'il s'en aperçoive, sa main gauche glissa sur le cou de la jeune fille. Elle s'y attarda un moment pour masser les muscles endoloris entre les omoplates et la nuque, puis subrepticement elle remonta vers le haut de la gorge et se referma en dessous du menton.

Aussitôt, Étienne sentit le danger, mais déjà ses doigts avaient commencé leur lente constriction.

— Arrête, tu me fais mal, murmura Maureen, inconsciente du danger qui la menaçait.

La main d'Étienne se crispa un peu plus. Maureen, cette fois, protesta d'une voix assourdie en essayant de dénouer l'étreinte.

— Arrête, j'étouffe…

Livide, le peintre, à son tour, enserra son poignet gauche de sa main droite et tenta lui aussi de faire lâcher prise à la main meurtrière, qui continuait son lent étranglement. Ce fut comme une lutte silencieuse qui dura bien une demi-minute. Désespéré, Étienne chercha autour de lui quelque chose pour l'aider. Un coupe-papier traînait près de sa palette de couleurs. Il s'en empara et, sans hésiter, il se le planta à plusieurs reprises à la base du poignet. Maureen suffoquait déjà lorsque, enfin, la main rebelle desserra son emprise doigt après doigt.

La voix rauque, toussant et cherchant à reprendre son souffle, Maureen se retourna, le visage cramoisi, les yeux exorbités.

— Qu'est-ce qui t'a pris ? Tu m'as fait une de ces peurs !

— Je… Je ne voulais pas…

Maureen se rendit alors compte qu'il était blessé et que du sang noirâtre gouttait de sa main transpercée. Elle déchira le drap qu'elle avait sur elle et en fit un bandage sommaire.

— Il faut aller à l'urgence. Mon Dieu… Mon Dieu… C'est dément. Tu ne peux pas rester comme ça. Tu me crois maintenant, n'est-ce pas ? Tout cela n'est pas normal !

Au même moment, le téléphone sonna.

De sa main valide, Étienne décrocha.

— Allô…

Une voix menaçante lui répondit au bout du fil.

— Eh mon *chum*! Tu sais que tu nous dois pas mal d'argent! Quand est-ce que tu comptes nous rembourser? Parce que ça presse. La semaine prochaine, c'est le double que tu devras nous verser…

— Mais de quoi parlez-vous? s'impatienta Étienne.

— Si tu ne comprends pas, mon *chum*, demande à ta blonde. Elle, elle sait…

Étienne raccrocha en pensant malgré lui : *On dirait un* dealer *qui réclame le paiement de dettes de drogue.*

Maureen, visiblement inquiète, s'informa :

— Qui était-ce?

— Personne. Un faux numéro.

V

— Étienne Beauregard?

— Oui, j'ai rendez-vous avec le neuro-logue : le docteur Théoret.

— Il va vous recevoir… Asseyez-vous.

Le peintre jeta un coup d'œil dans la salle d'attente. Elle était bondée.

Nerveuse, Maureen, qui avait tenu à accompagner Étienne à la clinique, tambou-rinait du bout des doigts sur le comptoir de la réceptionniste.

— Est-ce que ce sera long?

— Pas plus long que d'habitude…, soupira l'employée en continuant de barbouil-ler des chiffres sur la grille de son sudoku.

Trois heures plus tard, la porte du cabi-net s'entrouvrit enfin. Le médecin prit le dossier d'Étienne sur le dessus de la pile et invita le couple à entrer.

Le peintre n'aimait guère les médecins, qu'il trouvait généralement trop imbus d'eux-mêmes. Celui-ci, par contre, mal rasé et le sarrau boutonné de travers, lui parut d'emblée assez sympathique. L'air perplexe et tout en feuilletant le contenu de la chemise brune qu'il avait posée devant lui, le praticien hochait régulièrement la tête à la vue des résultats des tests et des radiographies qu'elle contenait.

— Je vous l'avoue, votre cas me pose problème. J'ai consulté une bonne partie de la littérature médicale sur le sujet et j'en conclus qu'il est possible que vous souffriez d'une affection très rare. Vous avez déjà eu un autre accident à la tête lorsque vous étiez petit, n'est-ce pas ?

Étienne acquiesça.

— C'est bien ce que je pensais…

Maureen se pencha vers le bureau.

— Et c'est grave, docteur ?

Le médecin esquissa une moue embarrassée.

— Rassurez-vous, la vie de votre ami n'est pas en danger, mais le syndrome de la main étrangère peut parfois avoir un caractère assez… disons, assez handicapant.

Cette fois, ce fut Étienne qui intervint.

— Le syndrome… de la main étrangère, vous dites ?

— Oui, il s'agit d'un désordre d'origine neurologique. Les Anglo-Saxons l'appellent aussi le syndrome de l'*alien* ou de l'*anarchic hand*. Vous savez comment fonctionne le cerveau humain ?

Devant le silence d'Étienne et de Maureen, le docteur se cala dans son fauteuil et, tout en jouant avec son stylo à plume Mont-Blanc, se lança dans une longue explication.

— L'encéphale de l'homme est divisé en hémisphères. Le gauche et le droit. Le droit commande la partie gauche de votre corps. Le gauche la partie droite. Mais pour coordonner l'ensemble, il existe entre eux une sorte de pont, une substance blanche et fibreuse, assez mal connue appelée le corps calleux. C'est lui qui permet le transfert des acquisitions perceptives et motrices. C'est aussi, paraît-il, la structure cérébrale qui se développe en dernier chez le fœtus. Une tumeur à cet endroit ou une rupture partielle de cette région entraînent une sorte d'absence de synergie entre les deux parties du cerveau…

— Et en clair ça provoque quoi? demanda Étienne, un peu agacé par tout ce jargon.

— C'est variable selon les individus: troubles de la mémoire, désorientation dans le temps, fausse reconnaissance des objets et des gens, troubles gestuels au niveau des membres supérieurs allant jusqu'à l'apraxie idéomotrice…

— C'est-à-dire?

— Incapacité pour le sujet d'exécuter un geste sur commande ou, plus grave encore: mouvements involontaires, sensation de conflits intermanuels. D'après Goldberg, qui a étudié de près le phénomène, le patient a l'impression qu'une de ses mains ne coopère plus et qu'il est en partie dépossédé du contrôle de son propre cerveau…

— Autrement dit, l'interrompit Étienne, c'est comme si j'ignorais ce que fait ou veut ma main gauche.

Le médecin grimaça.

— *Grosso modo*, c'est un peu ça. Ces symptômes vous disent-ils quelque chose?

Les deux mains coincées entre les genoux, Étienne baissa la tête sans répondre, et ce fut Maureen qui intervint:

— Y a-t-il un traitement ? Des médicaments ?

Le médecin souleva ses lunettes et se frotta
les yeux.

— À dire vrai, je l'ignore. Vous savez, ce
genre de maladie « orpheline » intéresse peu
les chercheurs. Un certain Kaiser a été le premier à en parler en 1897. Depuis il y a eu
quelques articles sur le sujet dans *Medlink
Neurology*… Mais il ne faut pas désespérer.
Faites confiance à la nature. Croyez-moi, dans
le domaine des accidents cérébraux, j'ai déjà
vu de véritables miracles !

À moitié satisfait par cette réponse éva-
sive et jugeant qu'il perdait son temps, Étienne
se leva et reboutonna sa veste de jeans.

Maureen, elle, resta assise.

Le médecin, qui s'était lui aussi levé, se
rassit.

— Vous voulez savoir autre chose ?

— Et cette affection est uniquement
d'origine… physiologique ?

Le spécialiste la fixa en se demandant où
elle voulait en venir, avant d'ajouter en
souriant :

— Je pense que oui… En dehors des
séquelles laissées par son accident récent,
votre ami semble parfaitement sain d'esprit…

Maureen quitta à son tour son fauteuil en rétorquant sèchement.

— Je sais qu'Étienne n'est pas fou ! Ce n'est pas ce que je voulais dire… Excusez-moi. Au revoir docteur !

Plusieurs semaines s'écoulèrent, au cours desquelles l'existence d'Étienne Beauregard sembla reprendre son cours normal. Il peignit plusieurs toiles en laissant sa main gauche exprimer librement son étrange frénésie créatrice au moyen d'une débauche de couleurs et de visions oniriques. Toutefois, il ne voyait plus aucune raison de s'émouvoir outre mesure puisqu'il savait dorénavant qu'il ne s'agissait là que l'expression, sous forme picturale, des dérèglements de son cerveau malade.

D'ailleurs, plus Étienne produisait de toiles, plus le dérangement mental dont il était affecté lui apparaissait presque comme une bénédiction, dans la mesure où il lui avait redonné cette étincelle créatrice sans laquelle l'artiste stagne dans la médiocrité. Risquait-il à un moment donné de sombrer carrément dans la démence ? Si tel était le prix à payer pour aller au bout de son art, qu'importaient les comportements bizarres, les absences, les hallucinations, et ces errances dans la ville dont il ne gardait pas le moindre souvenir ! Il était prêt. Prêt à faire le voyage jusqu'en enfer. Prêt à finir sa vie à l'asile s'il le fallait. D'ailleurs, de tout temps, génie et folie n'avaient–ils pas fait bon ménage chez les plus grands ?

Chaque soir, après une journée de labeur bien remplie, Étienne sortait donc et se jetait à corps perdu dans les transes de la vie nocturne. Il fréquentait des tavernes sordides où l'air était irrespirable et des boîtes bondées de monde où il dansait torse nu au son de musiques tonitruantes, frôlant des corps en sueur et se déhanchant jusqu'à tomber d'épuisement. Il rôdait dans les endroits les plus lugubres : ruelles, couloirs de métro, stations d'autobus, piqueries, parcs mal famés où il rencontrait la faune habituelle de prostituées sidatiques hâves comme des cadavres ambulants, de jeunes punks dans leurs armures de cuir clouté, de clochards avinés, d'ados en fugue et de désaxés en tout genre. Spécimens pittoresques du pandémonium urbain qu'il croquait sur le vif dans ses carnets et dont il oubliait aussitôt les visages, ne se souvenant même plus comment il avait fini la nuit ni comment, aux premières lueurs du jour, il était revenu chez lui.

Bien sûr, le lendemain, il lui arrivait souvent d'être épouvanté par ce que sa main avait pu dessiner et encore plus par ce qu'elle avait pu faire. Il humait les parfums dont elle gardait la trace. Il nettoyait le sang séché sous ses ongles ou soignait à l'aide de teinture d'iode les égratignures qui la balafraient. Avait-elle cogné, brisé des vitres, bâillonné, assommé, broyé des os, poignardé, volé, joué aux cartes, déshabillé, caressé, fait l'amour ? Était-ce elle qui lui avait rempli les poches de billets de banque froissés ? Il s'en moquait, du moment qu'elle continuait à manier le fusain et à peindre avec la même virtuosité diabolique.

De son côté, Maureen McLeod avait, elle aussi, repris ses activités. Mais Étienne n'était pas certain qu'elle s'était libérée de ses anciennes tentations suicidaires. Ayant perdu son emploi à la librairie ésotérique où elle travaillait, durant le jour, elle servait maintenant aux terrasses d'un bar de la rue Saint-Denis. Elle sortait également le soir et revenait tard dans la nuit, les lèvres bleuies par le froid, les cheveux défaits et les yeux si cernés qu'on aurait dit qu'elle avait été battue. S'en suivaient alors de longues périodes d'abattement où elle s'enfermait dans un mutisme absolu, se désintéressant de tout au point d'en oublier de nourrir ses chats.

Chaque jour, presque à la même heure, le téléphone sonnait, et la même voix insolente crachait sa litanie de menaces.

Une fois, Étienne tenta d'aborder le sujet. Maureen se mit en colère et lui répondit :

— Nous ne sommes pas mariés. Je suis libre, et tu n'as pas de leçons à me donner après ce que tu as failli me faire...

Feignant de ne pas avoir entendu cette dernière remarque, il préféra ne pas insister et retourna à sa peinture.

— M'as-tu seulement dit une seule fois que tu m'aimais ? ajouta-t-elle en étouffant un sanglot.

Un mois plus tard, Étienne exposa dans un café du Plateau-Mont-Royal quelques-unes de ses nouvelles œuvres, qui trouvèrent aussitôt preneurs. On parla de lui dans les journaux. Plusieurs galeristes se montrèrent intéressés à lui monter une vraie exposition et à le lancer d'abord à New York, puis ailleurs dans le monde.

Il reçut aussi une nouvelle visite impromptue de l'inspecteur Prudhomme.

— Interrogatoire de routine, le rassura le policier. Nous avons eu un appel anonyme à propos du vol au Musée des beaux-arts. Nous vérifions l'information. Vous souvenez-vous où vous étiez le soir du 15 septembre dernier vers 19h30…? Vous ne vous en rappelez plus… Dommage. Et votre ancien patron, monsieur Blackburn, pas de nouvelles de lui non plus, je suppose…? Tiens, vous portez un gant à la main gauche ? Brûlure ? Eczéma ? Au fait, comment vous portez-vous ? Mieux, j'espère. Et votre petite amie, elle est là ? J'aurais eu une ou deux questions à lui poser, à elle aussi… Mais ce n'est pas grave : je repasserai.

Avant de s'en aller, l'inspecteur fit subrepticement le tour de l'atelier du regard. Il remarqua la toile qu'Étienne achevait.

— C'est vous qui avez peint ça ? Superbe. Dites donc, on croirait voir la fin du monde !

À l'approche du temps des Fêtes, l'état de santé de Maureen se dégrada subitement.

Elle commença à maigrir. Elle ne sortait plus que pour de brèves périodes et restait couchée des journées entières dans un état de totale prostration.

Étienne découvrit qu'elle lui volait de l'argent, et que, lorsqu'il n'avait plus un sou, elle traversait des crises d'agitation extrême et était saisie de tremblements ou dc violentes crampes d'estomac qui la faisaient se tordre de douleur. Cela dura plusieurs semaines au terme desquelles elle retrouva toute son énergie et sa bonne humeur avec une telle soudaineté qu'Étienne se posa de nouveau des questions. Était-elle retombée entre les griffes de ses vendeurs de rêve en poudre? Le type du téléphone était-il son fournisseur? Se pouvait-il que lui-même fût en partie responsable de cette rechute? Ou bien, au contraire, devait-il prendre cet accès de joie de vivre comme le signe qu'elle avait finalement réussi à se ressaisir? Étienne préféra s'en tenir à cette dernière hypothèse et, lorsque Maureen passa près de lui un balai à la main, il la prit affectueusement par la taille et l'embrassa.

— Tu vas mieux?

Elle se dégagea et se remit à balayer.

— Laisse-moi, c'est d'une saleté repoussante ici !

Étienne retourna à sa nouvelle toile, qui représentait un extraordinaire combat céleste entre des êtres ailés rayonnant de lumière et des créatures des ténèbres.

Il voulut avoir l'avis de Maureen.

— Comment tu le trouves ?

Occupée à son ménage, elle ne daigna même pas jeter un coup d'œil à la toile. Elle déplaça les meubles, ramassa les cartons de pizza et les bouteilles vides, ouvrit des conserves pour ses chats, nettoya les litières, puis entreprit de ramasser les vêtements qui jonchaient le plancher. Un jeans sale était bouchonné dans un coin. Elle en fouilla les poches et en vida le contenu.

— Tu as acheté un billet de loterie ?

Le peintre haussa les épaules.

— Possible, j'ai oublié…

— Je parie que tu n'as même pas cherché à savoir si tu avais gagné. Je descends laver au sous-sol. Je vérifierai en allant chez le dépanneur du coin. On n'a plus rien. Plus de pain, plus de lait…

Un quart d'heure après, Maureen revint tout excitée. Elle n'avait acheté ni pain tranché ni litre de lait.

Elle tenait le billet de loterie d'Étienne du bout des doigts et le lui tendit en balbutiant, la voix nouée par l'émotion :

— Tu... Tu as gagné !

Le peintre posa son pinceau sur la tablette étroite de son chevalet et demanda en riant :

— Combien ? Un gros 10 piastres ?

— Non : des millions !

VI

Étienne se souvenait d'une phrase de son père, qui avait mené une vie misérable, mais qui aimait jouer les généreux en payant tous les jeudis des tournées de bière à ses compagnons de beuverie : « L'argent est un bon serviteur mais un mauvais maître. »

Maintenant qu'il était riche, qu'allait-il faire de cette fortune qui à la fois comblait tous ses désirs et les tuait dans l'œuf ? Il haïssait le luxe. Il n'avait pas d'amis. Il n'avait jamais rêvé d'être propriétaire. Il ne conduisait pas. Restait un vieux rêve de jeunesse : voyager, visiter les grands musées dont les noms avaient chanté dans sa tête alors qu'il étudiait les Beaux-Arts. Le Metropolitan, le Louvre, le Prado, la Galleria degli Uffizi, la National Gallery, le Rijksmuseum !

Il proposa à Maureen de se joindre à lui. Elle refusa. Il lui laissa donc une grosse somme à la banque et prépara son sac à dos.

Ce n'est qu'au moment de partir pour l'aéroport qu'il éprouva le remords d'abandonner sa compagne. Mais celle-ci, tout sourire, affichait une telle gaieté qu'il se convainquit qu'il ne pouvait rien arriver de fâcheux.

Le vol pour Paris avait du retard. Dans l'attente du signal d'embarquement, il s'allongea en travers de trois fauteuils et somnola plusieurs heures, observant de façon distraite le va-et-vient des passagers et des employés.

Soudain, il ressentit une désagréable impression. L'impression qu'on l'épiait. Il se redressa brusquement et leva les yeux vers la mezzanine vitrée dominant le hall d'attente. Un homme le regardait effectivement.

Il disparut aussitôt.

Étienne éprouva le même malaise à bord de l'avion, se retournant si souvent que l'hôtesse lui demanda :

— Vous cherchez quelqu'un, monsieur ?

Le premier contact avec la France le déçut. Rien n'était comme il l'avait imaginé. Sur le quai du métro régional menant à Paris, des soldats se promenaient, mitraillette à l'épaule. Dans le train, des mendiants, après avoir braillé un bout de chanson, parcouraient le wagon, la main tendue. Personne ne leur prêtait la moindre attention. Personne d'ailleurs ne regardait personne. Plongées dans leurs livres, de jeunes femmes jetaient autour d'elles des regards mi-apeurés, mi- dédaigneux. Des enfants pleurnichaient. De jeunes Africains se dandinaient, les écouteurs de leurs baladeurs rivés aux oreilles ; des arabes jargonnaient à haute voix dans leur téléphone cellulaire.

À sa sortie de la gare, assourdi par le concert cacophonique des klaxons d'autos, Étienne fut happé par la circulation infernale et manqua deux ou trois fois d'être renversé par des chauffards pressés qui l'abreuvèrent d'injures.

Il pleuvait. Une petite pluie fine et glacée qui faisait fuir les gens, pliés en deux sous leurs parapluies. Les murs moisis et noircis par les gaz d'échappement étaient couverts d'affiches déchirées et de graffitis haineux. Il rejoignit les bords de la Seine, qu'il prit d'abord pour un canal boueux, et se perdit dans un dédale de rues étroites avant de trouver enfin son hôtel.

Il dormit comme une brute, mais fut réveillé trop tôt par une pétarade de moteurs de mobylettes suivie d'un tintamarre de poubelles renversées et de camion à ordures. Il essaya de se rendormir. Des gémissements et des grincements de lit provenant de la chambre voisine l'en empêchèrent.

Le lendemain, il voulut visiter le Louvre. La longueur de la file d'attente le découragea. Il traversa le Pont-Neuf et marcha jusqu'à l'île de la Cité. Là, partiellement masquée derrière des toiles de plastique et des échafaudages, il découvrit la cathédrale Notre-Dame qui se découpait sur le ciel gris comme une gigantesque infirme s'appuyant sur des béquilles. Il leva les yeux pour admirer les tours jumelles et, sans savoir pourquoi, il eut soudain très envie d'y monter. Un escalier en colimaçon aux marches usées le mena jusqu'à une galerie vertigineuse. On ne pouvait aller plus loin.

À cette hauteur, l'air était plus vif, et, avec sa mer de toits d'où émergeaient dômes dorés et clochers d'église, la ville lui parut plus belle. C'est à ce moment qu'il vit les célèbres gargouilles installées aux coins des balustres de pierre. Elles avaient la forme de diables grimaçants qui semblaient si vivants qu'on aurait dit qu'ils allaient déployer leurs ailes de chauves-souris et s'envoler en ricanant. L'un d'eux était particulièrement splendide. Il se tenait pensivement le menton des deux mains et tirait la langue malicieusement. Étienne se pencha et le flatta de la main gauche. Il s'attendait à ce que le calcaire soit lisse et froid, mais à son contact il éprouva au contraire une surprenante sensation de chaleur…

En bas, il vit, précédée de gendarmes à moto, une colonne de cars de police traverser les ponts à vive allure. Le soir, en rentrant à l'hôtel, il apprit que des émeutes avaient éclaté dans les cités-dortoirs de l'est et du sud de la capitale. Des autos avaient été incendiées. Les policiers envoyés à la rescousse reculaient partout sous les jets de pierres et de cocktails Molotov. Le lendemain, il se heurta d'ailleurs à des barrages policiers. On fouillait les sacs à la recherche de bombes. Par précaution, on avait enlevé les poubelles des lieux publics. Des déchets traînaient partout. Du coup, il renonça aux promenades qu'il avait prévues et chemina un peu au hasard dans la ville enfiévrée. Tout aussi par hasard il pénétra dans un ancien hôtel particulier et découvrit qu'il était rendu au musée Rodin.

Et là, comme la veille en haut de la cathédrale, en se promenant dans le parc, il tomba de nouveau en extase devant une œuvre de bronze monumentale qu'il ne connaissait pas : une porte gigantesque dont les panneaux et les montants étaient ornés de figures tourmentées qui se tordaient, en proie à la plus totale épouvante. Il approcha la main du métal.

Un gardien se précipita :

— On ne touche pas, monsieur !

Étienne s'informa.

— Comment s'appelle cette sculpture ?

— *La Porte de l'Enfer* : monsieur Rodin y a travaillé plus de 30 ans.

Étienne fut si bouleversé qu'en quittant les lieux, il se mit à pleurer. Durant le reste de la semaine, il vécut comme un somnambule. Très rapidement, tout s'embrouilla, sa mémoire ne retenant encore une fois que des parcelles de souvenirs ou des impressions fugaces. Il se revit arpentant des rues borgnes où des filles outrancièrement maquillées l'avaient accroché par le bras. Il se rappela avoir erré dans un grand cimetière au milieu de milliers de tombes. Il crut également se remémorer une maison dont les murs étaient entièrement tapissés de tableaux sensuels et délirants qui grouillaient de chimères monstrueuses et de femmes de rêve couvertes d'or et de joyaux. Tout cela était très vague.

Par contre, il savait une chose : chaque matin, quand il se levait péniblement de son lit d'hôtel, il devait frictionner les muscles de ses jambes endoloris par ses trop longues marches nocturnes ; et sa main gauche lui faisait si mal qu'il devait l'enfoncer dans un seau à glace pour soulager un peu la douleur.

Au bout de huit jours, il décida de quitter Paris et prit le train pour Madrid. Il n'y resta qu'une seule journée, qu'il passa au Prado, assis sur une banquette à regarder, comme tétanisé, le même tableau pendant des heures et des heures. Un triptyque, semblable à celui qui avait causé son accident à Montréal. Trois gigantesques huiles sur bois brossées par un peintre fou, intitulées le *Jardin des délices*. Le panneau de droite offrait une fabuleuse vision de l'Enfer fourmillant de détails extraordinaires comme un homme-arbre à demi décomposé, un monstre à tête d'oiseau avalant des damnés et des instruments de musique transformés en objets de torture.

Puis Étienne repartit, toujours plus pressé, et, dans chaque musée qu'il visitait, la même chose se passait. Il traversait les salles sans regarder et soudain, guidé par une force inconnue, il se figeait devant une œuvre dont il ne comprenait pas toujours la signification, mais qui l'emplissait d'une jubilation proche de l'extase. Cela s'était produit à Vienne, à Munich, à Bruxelles, à Amsterdam. Cela se reproduisit de manière encore plus intense dans un petit musée d'Oslo devant un tableau où, sur un ciel de feu et de sang, un homme aux yeux exorbités par la peur poussait un cri désespéré au milieu d'un pont.

Le souffle coupé, Étienne n'admira pas ce chef-d'œuvre : il s'identifia totalement à lui.

Il lut la notice qui décrivait la toile. Celle-ci évoquait l'espèce d'expérience mystique qui avait frappé le peintre Munch et inspiré son célèbre tableau. Les phrases correspondaient si bien à ce qu'Étienne éprouvait depuis des mois que, sans s'en apercevoir, il commença à les lire à voix haute :

— Je longeai le chemin… Soudain le soleil se coucha. Je le ressentis comme un soupir mélancolique. Le ciel devint tout à coup rouge, couleur de sang. Je m'arrêtai et, épuisé à mort, m'adossai contre une barrière. Je vis le ciel enflammé. Le fjord et la ville étaient inondés de sang et ravagés par des langues de feu.

Mes amis poursuivaient leur chemin. Je tremblais d'angoisse et je sentis la nature traversée par un long cri infini !

Comme Étienne restait là, pétrifié, des visiteurs commencèrent à le dévisager d'un regard soupçonneux. La plupart s'éloignaient prudemment de lui. D'autres le bousculèrent. Deux gardiens accoururent, le prenant pour un maniaque s'apprêtant à vandaliser le tableau. Ils lui intimèrent l'ordre de sortir du musée. Il leur résista comme si on voulait le séparer de la chose ou de l'être le plus précieux au monde. Il supplia. Il se débattit. Il fallut appeler la police pour le maîtriser et le menotter.

Au poste, un géant blond, qui baragouinait quelques mots d'anglais, examina son passeport et l'interrogea d'une voix fatiguée.

— Canadien ?

Il pianota un instant sur le clavier de son ordinateur et dévisagea de nouveau Étienne. Puis il s'adressa en *bokmaal*[2] à ses collègues, lesquels empoignèrent aussitôt le jeune peintre.

— Ils vont vous raccompagner à votre hôtel, dit l'officier. Vous repartez dans trois

---

2. Langue norvégienne.

jours?… Tenez-vous tranquille jusque-là, sinon la prochaine fois je vous boucle en cellule pour de bon.

Sur ce, il lui tendit ses papiers et ajouta dans sa langue une remarque désobligeante qui fit rire les deux autres policiers.

La nuit suivante, Étienne dormit d'un sommeil agité. Dans un cauchemar sans fin, il traversait un pont. Le ciel était rouge et, au milieu des passants pressés, il était le seul à savoir qu'une horrible chose allait se produire. Sous ce ciel de lave annonciateur d'un embrasement universel, il se mettait alors à hurler, bouche grande ouverte, mais aucun son ne sortait de sa gorge…

Le lundi suivant, il reprit l'avion, incapable de se remémorer ce qu'il avait bien pu faire pendant les 72 dernières heures.

Sur l'autoroute menant à l'aéroport, le taxi croisa plusieurs voitures de police filant à vive allure vers le centre-ville.

— Que se passe-t-il? demanda Étienne. Le chauffeur fit un geste évasif pour signifier qu'il ne parlait pas anglais.

VII

— Dites donc, vous êtes pas mal chargé ! Vous revenez de voyage ? s'exclama le chauffeur haïtien en empilant dans le coffre de l'auto le sac à dos et les deux grosses valises d'Étienne.

Le peintre ne prit pas la peine de relever cette réflexion anodine, mais il ne put cacher un mouvement de surprise. Effectivement, il ne se souvenait pas d'avoir eu autant de bagages au départ d'Oslo…

De l'aéroport Trudeau à chez lui, il éprouva une fois de plus une impression pénible : celle qu'un événement funeste s'était produit pendant son absence. Il eut beau s'efforcer de chasser ce fâcheux sentiment en discutant de tout et de rien avec le chauffeur, ses sombres pressentiments ne se dissipèrent pas.

Très loquace au début, le conducteur manifesta bientôt, lui aussi, des signes de nervosité, multipliant les questions et jetant sans arrêt des coups d'œil dans son rétroviseur. Le gant que portait Étienne à la main gauche semblait particulièrement l'intriguer.

— Vous êtes blessé?

— Non, ce n'est rien.

La voiture s'immobilisa.

— Vous y êtes! dit le chauffeur, visiblement soulagé. Faites attention en descendant! Il a gelé. Ça glisse. Ne vous cassez pas un bras!

Lourdement chargé, Étienne monta l'escalier, sentant son appréhension s'accroître à chaque marche. De l'aéroport, il avait bien essayé d'appeler Maureen au téléphone et avait laissé sonner longuement.

En vain.

Sur le palier, il se heurta à la concierge qui sortait de chez lui son passe-partout à la main.

— Ah! C'est vous? s'étonna-t-elle… Je viens d'aller nourrir vos chats.

— Maureen n'est pas là?

— Comment? Vous n'êtes pas au courant? On l'a emmenée…

La vieille femme retorse s'interrompit pour observer la réaction d'Étienne. Puis elle reprit avec une compassion feinte qui dissimulait mal des sous-entendus perfides.

— Elle était dans un drôle d'état, la petite. Je ne sais pas trop ce qu'elle avait pris. Paraît qu'elle est aux soins intensifs… Toujours est-il que la police est venue. Les agents ont fouillé chez vous. Le propriétaire n'était pas de bonne humeur.

Atterré, Étienne la remercia sèchement. Il changea de vêtements, prit une douche et, sans s'attarder à défaire ses valises, il sauta dans un autre taxi.

À l'hôpital, il lui fallut secouer la torpeur de plusieurs préposés et franchir de force un barrage d'infirmières affolées, avant d'être autorisé à voir Maureen.

La chambre était encombrée de moniteurs et de bouteilles d'oxygène. Dans la pénombre, il distingua un visage émacié posé sur deux énormes oreillers blancs. Il murmura :

— Maureen…

Elle avait maigri. Sa peau tendue avait pris un aspect presque transparent laissant saillir les os. Seuls semblaient encore avoir l'apparence de la vie ses magnifiques cheveux roux étalés de chaque côté de son visage et surtout ses yeux bleus qui brillaient d'un éclat fiévreux au fond de leurs orbites.

Elle ne le reconnut pas immédiatement.

— C'est moi, chuchota Étienne, je suis revenu. Ça va aller mieux maintenant, tu verras…

Il chercha sa main.

Elle la retira vivement.

Il vit remuer ses lèvres crevassées et se pencha pour entendre ce qu'elle semblait vouloir lui dire.

— Va-t-en! souffla-t-elle. Va-t-en… Tu es le diable!

Il voulut de nouveau lui prendre la main.

Elle se redressa en hurlant.

— Ne me touche pas! Je le vois à travers toi… l'antique serpent… La Bête sortie du fond de l'abîme où l'Ange l'avait chargée de chaînes!

Étienne recula.

Alertée par les cris, une garde arriva en courant.

— Monsieur, sortez immédiatement! Elle est en crise! Appelez vite le docteur Laflamme. Elle suffoque. Son cœur est en train de lâcher! Dépêchez-vous!

Assis dans le corridor, se prenant la tête dans les mains, Étienne éclata en sanglots. Poussant un chariot chargé d'instruments, une équipe de réanimation s'engouffra dans la chambre. Des infirmières entrèrent et sortirent. Le peintre tenta d'obtenir au passage des bribes de nouvelles. Sans succès.

Puis, soudain, toute cette agitation cessa. La chambre se vida lentement, et un médecin, stéthoscope autour du cou, aborda Étienne.

— Vous êtes de ses proches?

Le peintre hocha la tête.

— Le cœur a failli lâcher. Je ne sais pas si nous allons pouvoir la tirer de là… Vous êtes sans doute au courant qu'elle abusait de certains narcotiques?

Étienne acquiesça en silence.

— Avec le mélange qu'elle s'est injecté, je vous l'avoue, ses chances sont limitées. Et vous, comment ça va? Quand vous le pourrez, passez au poste. Vous savez, il y a toujours un paquet de paperasses à remplir… Pour l'instant, il n'y a plus rien à faire. Rentrez chez vous…

Étienne se leva. Il fit un petit signe de remerciement au docteur et gagna l'ascenseur.

Dans le hall d'entrée, un homme vêtu de cuir l'attendait. L'inspecteur Prudhomme. Le policier s'avança, la main tendue, toujours aussi avenant.

— Je viens d'apprendre pour votre amie. Je regrette beaucoup. Je sais, le moment est mal choisi, mais j'aurais à vous parler… Ma voiture n'est pas loin. Venez ! Je vais vous accompagner chez vous !

L'inspecteur conduisait une vieille voiture rongée par la rouille dont les vitres s'embuaient à chaque arrêt. Il s'excusa.

— Ma chaufferette ne marche plus très bien. Comme le reste d'ailleurs… Votre copine, c'est terrible… *Overdose*, d'après ce que j'ai compris. Vous, vous étiez à l'étranger depuis un mois, n'est-ce pas ? J'espère que vous n'êtes pas superstitieux…

— Pourquoi ?

— Eh bien, on dirait que vous portez malheur à tout ce que vous approchez ! Votre patron, monsieur Blackburn… Votre blonde… Même les villes que vous avez visitées de l'autre bord…

— Je ne comprends pas.

L'officier de police, tout en conduisant, sortit son carnet de la poche de sa veste et l'ouvrit pour consulter ses notes.

— Nous avons reçu un rapport d'Interpol au sujet d'une nouvelle série de vols commis dans plusieurs musées et nous avons noté de drôles de coïncidences. Chaque fois qu'un tableau a été dérobé, vous séjourniez dans une des villes correspondantes ou vous étiez sur le point de la quitter. Tenez, écoutez ça. Le 7 décembre à Paris. Musée Gustave-Moreau : disparition d'une aquarelle. Vous étiez sur place, pas vrai ? Le vendredi 15, vol à Londres d'un exemplaire rarissime des gravures de William Blake illustrant *L'Enfer* de Dante… Le 30, *L'Île des morts*, d'Arnold Böcklin à Bâle… Le 8 février, dans un cabinet d'estampes berlinois, des études de Bosch représentant des monstres et des scènes infernales… Le 12, un fragment du *Jugement dernier* du même peintre à Munich… Enfin, le coup le plus fumant, le 22, à Oslo, au Munch Museet, *Le Cri*, dérobé en plein jour par un voleur cagoulé sous l'œil médusé de centaines de visiteurs. Un tableau d'une valeur de 50 millions d'euros. Vous vous rendez compte ? Et où étiez-vous du 20 au 23 ?

— À Oslo… Mais qu'est-ce que ça prouve ? Simple coïncidence…

— Ça fait tout de même beaucoup de hasards, vous ne trouvez pas ?

— Vous pensez que je peux avoir un rapport quelconque avec tous ces vols ? C'est ridicule !

— Vous avez raison, c'est ridicule. C'est ce que j'ai affirmé à mes chefs. D'après moi, vous n'avez pas le profil d'un criminel. Pourtant…

— Pourtant ?

— En dehors des dates, il y a quand même un point commun entre vous et ces œuvres volées.

— Lequel ?

— Elles représentaient toutes des scènes fantastiques de diables ou de monstres. Et, d'après ce que j'ai vu dans votre atelier la dernière fois, ce sont des trucs que vous aimez peindre, vous aussi. Oui… Oui… Je sais ce que vous allez me répondre : un autre hasard. Savez-vous, monsieur Beauregard, le hasard se joue si bien de vous que vous devriez acheter un billet de loterie. Je suis sûr que vous décrocheriez le gros lot.

— J'ai effectivement gagné.

— Vous plaisantez ?

— Non. Pas du tout.

— Saudit ! Tu parles d'une chance ! C'est pas croyable ! Ça parle au vieux Charlot, comme disait ma vieille mère ! Tenez, je pense qu'on est arrivé… Alors, à bientôt, monsieur Beauregard. Au fait, si vous recevez encore des téléphones de menaces, prévenez-nous…

— Comment savez-vous ?...

— C'est notre métier de savoir, monsieur Beauregard. Le chat finit toujours par sortir du sac.

Seul depuis plusieurs jours dans son atelier désert, Étienne se sentait profondément abattu. Il avait beau essayer de remettre de l'ordre dans ses idées, il n'y parvenait pas. Puis, peu à peu, un sentiment de rage s'empara de lui. Pourquoi Maureen avait-elle replongé dans l'enfer de la drogue ? Pourquoi avoir entrepris ce tour d'Europe insensé, qui n'avait fait qu'alimenter ses fantasmes les plus morbides ? Enfin, pourquoi le sort s'acharnait-il sur sa personne en lui offrant cruellement des chances inespérées, pour ensuite lui enlever la seule personne qu'il ait jamais aimée ?

D'un violent coup de poing, il renversa son chevalet. Un des chats, qui dormait sur le dossier d'un fauteuil, s'enfuit en miaulant. Étienne se frotta la main. Il s'était blessé. Sa colère, loin de s'apaiser, semblait au contraire avoir été attisée par ce début de saccage. Alors, il continua à tout casser autour de lui, crevant ses toiles, écrasant ses tubes sous la semelle de ses souliers, renversant la bibliothèque, brisant les chaises et fracassant les miroirs.

Lorsque tout fut sens dessus dessous, il se mit à frapper les murs de son poing gauche jusqu'à ce que les feuilles de gypse soient défoncées. Et quand il eut terminé, c'est au plafond qu'il s'attaqua. Sous ses coups répétés, une trappe murée qui donnait sans doute accès aux combles se détacha au milieu d'une pluie de gravats et de laine minérale. La gorge irritée, Étienne fut pris d'une longue quinte de toux et dut attendre plusieurs minutes avant de se remettre de ses émotions. Il alla chercher une lampe de poche, puis monta sur un escabeau pour se glisser dans l'ouverture béante.

Ce qu'il découvrit le cloua de surprise. Au-dessus du plafond s'ouvrait effectivement une sorte de grenier bas. Mais il n'était pas vide comme Étienne le croyait. Une boîte à biscuits métallique attira d'abord son attention. Il la reconnut tout de suite. Elle avait appartenu à Maureen, qui y gardait ses photos de famille et ses lettres de jeunesse. Il souleva le couvercle. La boîte ne contenait pas que des souvenirs innocents. S'y trouvaient aussi plusieurs seringues, des sachets de poudre, des contenants de pilules et une liasse de billets de banque.

C'était donc là qu'elle cachait sa drogue...Il referma l'objet et le mit de côté; il dirigea ensuite le faisceau de sa lampe vers le fond de la cache. Bien appuyés contre les poutres de la charpente, il distingua une série de cadres anciens et de cartons contenant de vieux livres et des statuettes de bronze.

Il fit un rétablissement pour se hisser dans le réduit et rampa sur les solives afin de voir de plus près de quoi il s'agissait.

Il retourna avec précaution le premier tableau et l'éclaira…

Il vit des yeux fous. Il vit une bouche hurlante et des nuées rouge sang. C'était le tableau qui l'avait tant ému au musée d'Oslo !

Anéanti par cette découverte, il bascula un à un les autres cadres. Les toiles dérobées décrites par l'inspecteur Prudhomme étaient toutes là…

Pris de vertige, Étienne redescendit, et c'est à peine s'il trouva l'énergie pour gagner son lit en titubant. Tout se mit à tournoyer dans sa tête. La fragile frontière entre le rêve et la réalité s'effaçait peu à peu. Quand il ouvrait les yeux, il voyait des ombres glisser autour de lui en chuchotant. Quand il fermait les paupières, ces ombres laissaient place à un cortège de démons qui semblaient sortir d'un tableau, emportant sur leur dos les œuvres d'art cachées au grenier. Et la dernière de ces créatures infernales, un géant au visage caprin, portait sur son dos une femme à cheveux roux qui avait les traits de Maureen.

Il voulut bouger. Il était paralysé. Il voyait tout, mais ne pouvait pas remuer le moindre muscle. Comme si on lui avait injecté du curare dans les veines...

Ce furent des coups provenant de son plancher qui le réveillèrent. Quelqu'un, dans le logement d'en dessous, gueula :

— C'est fini, tout ce tapage ! Moi, je travaille demain !

Étienne reconnut la voix de son voisin. Un chauffeur de camion qui se plaignait régulièrement de la musique trop forte.

Le peintre regarda le réveille-matin sur la table de nuit : deux heures du matin. Il fouilla dans le tiroir et y trouva deux cachets de somnifère, qu'il avala.

Le jour suivant, il marcha dans son atelier comme un ours en cage. Le policier avait donc raison de le soupçonner. Il était un criminel ou plutôt il était le jouet de sa main maudite. Profitant des moments d'amnésie qui corrompaient sa mémoire, c'est elle qui avait dû commettre ces cambriolages. C'est elle également qui avait procuré de la drogue à Maureen et l'avait cachée là-haut. C'est elle encore qui lui avait permis de gagner à la loterie afin de lui donner les moyens de commettre tous ces crimes. Maureen avait raison. La maladie ne pouvait expliquer un tel enchaînement d'événements incroyables. Cette main n'était pas la sienne. Elle appartenait bel et bien au diable ! Le diable qui, grâce à elle, avait joué à l'artiste et au collectionneur en poursuivant quelque dessein funeste.

Cette main immonde, il ne pouvait plus la regarder. Plus la supporter. Elle lui faisait horreur. Il fallait qu'il s'en sépare avant qu'elle ne gangrène son corps et son âme en le poussant à commettre d'autres abominations.

Un couteau de cuisine traînait parmi les objets éparpillés sur le sol. Il le ramassa et, d'un geste vif, il s'entailla profondément le poignet. Le sang gicla. Il tenta de repasser la lame dans la plaie pour achever de sectionner cette main diabolique dont il voulait à tout prix être délivré, mais celle-ci, tel un fauve blessé, lui sauta à la gorge et y enfonça ses ongles. Couvert de sang, Étienne sentit sa vue se brouiller…

VIII

Quand Étienne reprit conscience, il était couché sur son futon. Un pansement serré enveloppait son poignet.

Il entendit la porte s'ouvrir. La concierge entra.

— Vous vous sentez mieux ? Dites donc, vous nous avez fait une sacrée peur. C'est moi qui ai appelé les ambulanciers. J'étais montée vous porter votre courrier quand je vous ai trouvé par terre. Vu l'état de l'appartement, j'ai d'abord pensé à une agression. Heureusement, les secouristes sont arrivés pas mal vite. Ils ont dit que c'était pas trop grave. Ils vous ont quand même emmené à l'urgence de Fleury, où ils vous ont gardé en observation. Comme vous n'aviez personne pour s'occuper de vous, j'ai demandé au locataire du deuxième de vous ramener. Vous savez, le camionneur ? Paraît que vous aviez l'air de ne plus vous souvenir de rien… Vous avez souvent des trous de mémoire comme ça? Vous savez, ma belle-sœur, elle aussi…

La concierge se tut un instant dans l'espoir de glaner quelques confidences de la part du jeune peintre. Puis, voyant qu'il n'avait pas l'intention de satisfaire son insatiable curiosité, elle se résigna :

— Bon, je vais vous laisser vous reposer… Au fait, j'ai appelé les policiers. Ils ont dit qu'ils enverraient quelqu'un… Il faudrait également prévenir votre assureur parce que le propriétaire, à qui j'ai parlé hier…

Étienne, excédé par tout ce bavardage, soupira :

— Je vous remercie, madame Lacasse, mais je suis un peu fatigué…

— Oui, oui, je parle, je parle… Excusez-moi ! Je vous laisse… Reposez-vous bien. Si vous avez besoin de quoi que ce soit, n'hésitez pas…

La police. Le mot avait retenti dans l'oreille d'Étienne. Il se souleva péniblement. Il devait se dépêcher s'il voulait faire disparaître les toiles volées. L'escabeau se trouvait encore en place, mais la trappe s'était refermée. Il la souleva de l'épaule et ralluma sa lampe de poche. La lumière éclairait faiblement, et il crut d'abord qu'il avait mal vu. Il vérifia les piles de sa torche et explora de nouveau le grenier.

Vide ! Il était vide à l'exception de la boîte à biscuits. Il ouvrit celle-ci. Elle ne contenait plus que des clichés jaunis et des papiers sans importance. Les tableaux n'avaient pourtant pas pu s'envoler ! À moins qu'une nouvelle fois, il ait rêvé tout cela comme tant d'autres choses…

On frappa trois coups brefs à la porte. C'était l'inspecteur Prudhomme.

Le policier, mine de rien, contesta d'un seul coup d'œil l'état pitoyable de la pièce. Puis il remit une chaise sur ses pattes et demanda par simple politesse :

— Je peux ?

D'un signe, Étienne l'invita à s'asseoir. L'inspecteur, toujours à gestes lents et calculés, sortit un paquet de cigarettes et en offrit une au peintre pour se raviser aussitôt.

— Ah oui, j'oubliais, vous ne fumez pas. Vous n'avez pas ce vice. Chanceux ! Ça ne vous dérange pas que je fume ?

— Non, répondit Étienne, qui n'était pas dupe du manège.

Il me fait languir pour me déstabiliser, pensa-t-il. *Il m'observe. Il cherche mon point faible…*

L'inspecteur souffla une longue bouffée de fumée.

— Vous savez pourquoi je suis là ?

— Je m'en doute…

— C'est à propos de votre ancien employeur, monsieur Blackburn, nous l'avons retrouvé…

— Ah oui…

— Mort. Au volant de son auto. Deux balles. Une dans la tête. L'autre en plein cœur. Du travail de professionnel…

— Et en quoi cela me concerne-t-il ? répliqua Étienne, sur la défensive.

Le policier s'expliqua en souriant.

— Eh bien, au moins nous savons que ce n'est pas vous l'assassin ! C'est déjà une bonne chose, vous ne trouvez pas ? Vous savez ce qu'il faisait dans la vie, ce monsieur Blackburn ?

— Courtier, je crois. Il jouait à la Bourse…

— Non, ce n'est pas tout à fait ça : Michaël Blackburn, 53 ans. Arrêté pour vol à main armée dès l'âge de 17 ans. Une douzaine de condamnations. Escroc, vendeur de drogue recyclé dans le trafic d'objets d'art volés. Cette fois, il avait joué gros… Sur vous.

— Comment ça ?

— Victime d'un règlement de comptes, notre homme, après avoir été rossé proprement, avait perdu toutes les œuvres d'art qu'il s'apprêtait à écouler au Proche-Orient. Or, après votre accident, il avait appris par votre amie, à qui il fournissait régulièrement de la poudre, que vous souffriez d'hallucinations. Votre blonde pensait que vous étiez victime d'une sorte de possession diabolique ou d'un truc du genre. Vous représentiez le candidat parfait pour lui permettre de reprendre ses activités criminelles en faisant dévier sur vous les soupçons. Il passait derrière vous. Il volait dans les galeries et stockait son butin dans votre grenier. En cas de problème, vous deveniez le coupable parfait, incapable de se défendre ou de fournir un alibi crédible. Seulement, il a poussé le bouchon un peu trop loin… Surtout quand vous avez gagné le gros lot et que vous êtes parti faire ce voyage en Europe. L'occasion était trop belle.

— Alors, c'est lui qui a volé toutes ces toiles et qui les a cachées ici ? La drogue aussi ?

— Exact.

— Mais où sont les tableaux maintenant ? Il est venu les reprendre ?

— Oui, il avait un complice dans le bloc, un camionneur chargé de vous surveiller et de le tenir au courant de vos allées et venues. Quand vous avez commencé à tout démolir, Blackburn a été obligé de récupérer les toiles.

— Et vous les avez retrouvées ?

— Elles étaient dans un conteneur prêtes à être expédiées en Russie et, de là, au Moyen-Orient. Blackburn avait des relations d'affaires avec la mafia russe. Il a dû vouloir arnaquer quelqu'un là-bas… Ces gens ne plaisantent pas.

Pour la première fois depuis des semaines, le visage d'Étienne s'éclaira. Tout s'expliquait enfin. Il n'était pas fou. Ni même malade… C'était un coup monté. Son imagination avait fait le reste.

— Je vous remercie, inspecteur. Vous ne savez pas combien je suis heureux !

Le policier se leva. Il vit une toile balafrée parmi les débris accumulés dans l'atelier.

— Vous avez détruit ce que vous avez peint dernièrement. C'est dommage. J'aimais assez.

Il fouilla alors dans une des poches de son blouson pour prendre les clés de son auto et, en les sortant, il échappa par terre une pièce de monnaie qui roula jusqu'aux pieds d'Étienne.

Celui-ci se pencha pour la ramasser.

— Tiens, ce n'est pas une pièce d'ici…

— Non. Elle doit venir d'Haïti. J'y ai passé les vacances de Noël. Gardez-la. Ce sont des *gourdes*. Ça ne vaut même pas une cenne.

— Merci, dit Étienne en tendant sa main gauche pansée au policier, qui retira vivement la sienne en riant.

— Ayoye ! J'ai reçu une décharge ! Pas vous ? L'électricité statique… Allez, au revoir. Ah oui, j'oubliais ! Une dernière chose. Voudriez-vous venir au port de Montréal pour identifier les œuvres volées ? Elles se trouvent dans les entrepôts de la douane. Quand vous aurez le temps. Lundi prochain ? Voici l'adresse.

— Avec plaisir.

Une semaine passa. Étienne avait décidé de déménager. Il remit à la concierge un chèque à l'ordre du propriétaire, pour payer les dégâts commis.

Ensuite, il chercha un nouveau logement et se décida finalement à quitter la ville et à s'installer dans un chalet qui offrait une vue apaisante sur un lac parsemé de petites îles.

Il alla voir Maureen. Elle était hors de danger.

Lorsqu'il entra dans la chambre avec un bouquet de roses blanches, elle l'accueillit avec le sourire et lui tendit la main malgré son tube de soluté.

— Comment vas-tu ? lui murmura-t-elle.

— C'est à moi de te le demander, lui répondit Étienne en lui serrant le bout des doigts. Moi, ça va… Tout est rentré dans l'ordre.

— Je suis au courant… L'inspecteur m'a raconté…

— Tu sais, j'ai acheté une maison à Saint-Zénon. Un vrai petit paradis.

— Et mes chats…

— Ils sont là-bas… J'ai hâte que tu sortes. Tu verras, on sera bien ensemble…

Maureen s'assit dans son lit et le fixa droit dans les yeux.

— Tu es bien sûr ?

Étienne ne détourna pas le regard.

— Oui, j'en suis sûr. Je t'aime.

En rentrant dans le hangar climatisé où étaient conservées les marchandises saisies par les douaniers, Étienne sentit une sourde angoisse le gagner. Il s'efforça de se raisonner en se disant qu'il ne s'agissait que d'une simple formalité.

— C'est par ici ! lui dit l'inspecteur Prudhomme. Faites attention de ne pas vous enfarger. C'est un vrai capharnaüm. Nous n'avons eu aucune difficulté à retracer les propriétaires de la plupart des œuvres récupérées, mais celle-là : mystère. Ce ne serait pas, par hasard, le fameux triptyque sur lequel vous travailliez quand vous avez fait cette chute malheureuse ? Les experts sont dépassés. Ils nous sortent des noms : Hans Memling, Dierik Bouts, Rogier Van der Weyden… Ils nous parlent de tableaux de maîtres dérobés par les nazis pendant la guerre. Qu'en pensez-vous ?

Étienne ne pouvait articuler le moindre mot. Il regardait les trois panneaux peints ouverts devant lui. C'était bien le triptyque qui lui avait causé tant de tourments. Avec au centre la figure flamboyante du diable, en partie dégagée du repeint qui la recouvrait.

— C'est un tableau étonnant, commenta le policier, surtout le grand Satan que vous avez mis à jour sous l'ange du Jugement dernier. On dirait qu'il vous suit du regard, et sa main… Vous avez remarqué sa main tendue ? On a l'impression qu'elle va sortir du tableau pour nous griffer… Regardez !

L'inspecteur avait lui-même tendu sa main vers le panneau, et son index toucha la fragile couche picturale.

Il poussa un petit cri.

— J'ai encore pris un choc. Décidément…

Intrigué, Étienne s'approcha à son tour du triptyque.

— Alors, c'est bien lui ? s'informa l'officier.

— Je crois, hésita Étienne, soudainement en proie à un doute terrible comme s'il venait de découvrir quelque chose qui ébranlait de nouveau toutes les réconfortantes explications logiques auxquelles il s'était empressé d'adhérer.

— Vous croyez ?

— Oui, à quelques détails près. Je ne suis pas certain, mais il me semble que, sur le panneau de droite, celui de la chute des damnés, il manque un personnage. La pêche-resse aux cheveux roux qui tombait dans l'abîme, tête en bas…

— Autre chose ?

— Eh bien… cette cicatrice au poignet du diable… Je crois qu'elle n'y était pas.

Visiblement contrarié, l'inspecteur s'écria :

— Vous êtes certain ? C'est correct. Nous vous remercions de votre aide. Je vous reconduis.

L'inspecteur Prudhomme tendit la main gauche au peintre. Celui-ci sursauta.

— Vous portez juste un gant ?

— Oui, une éruption de boutons…

Une fois dans la rue, Étienne se sentit bizarrement soulagé, comme si on venait de lui ôter des épaules le poids de tous les péchés du monde.

Sa main gauche, qui l'élançait depuis sa tentative de suicide, ne le faisait plus souf-frir. Un flux de sang neuf semblait l'irriguer de nouveau, répandant jusqu'au bout de ses doigts une douce chaleur. Il enleva son gant et défit avec précaution le bandage qui l'en-tourait. La peau était intacte. Où était passée l'horrible cicatrice qui, hier encore, lui bar-rait le poignet ?

Elle avait disparu.

TABLE DES CHAPITRES

Daniel Mativat

Né le 7 janvier 1944 à Paris, Daniel Mativat a étudié à l'école normale de Versailles et à la Sorbonne avant d'obtenir une maîtrise ès arts à l'Université du Québec, avec un mémoire portant sur le personnage du diable dans les contes fantastiques québécois. Il détient également un doctorat en lettres de l'Université de Sherbrooke et a enseigné le français pendant plus de 30 ans, tout en écrivant une quarantaine de romans pour la jeunesse. Il a été trois fois finaliste pour le prix Christie et une fois pour le Prix du Gouverneur Général du Canada. L'auteur habite aujourd'hui Laval.

COLLECTION CHACAL